KB067964

나를

죽이다

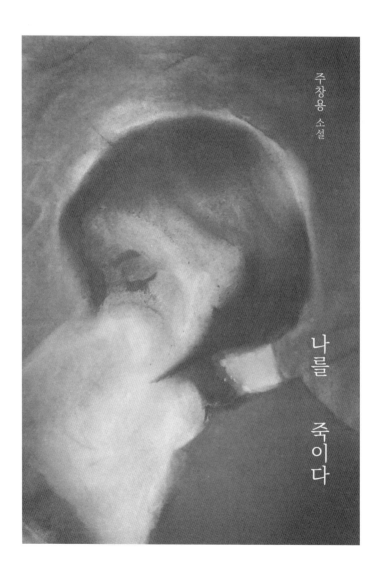

주창용 소설

나를

죽이다

harmonybook

0. 프롤로그

1980년 어떤 이가 황금빛으로 물든 밀 밭에 총을 든 채 서 있다. 총을 든 손은 어느새 자기 가슴에 대고 엄지손가락으로 방아쇠를 당겼다.

"탕"

딱 한 발 총소리로 그는 맥없이 쓰러지고 주위에 있던 까마귀들은 놀라 사라진다. 다행인지 불행인지 그는 죽지 않고 피를 뚝뚝 흘린 채 일어나 병원으로 향했다. 하지만 결국 가슴에 박힌 총알에 의해 생긴 합병증으로 죽는다.

지금 나는 빈센트 반 고흐 죽음에 대해 다시 찾아봤다. 이때 그가 죽은 나이는 불과 서른일곱이었다. 그리고 그는 죽기 몇 달 전 캔버스에 쓰러진 나무둥치와 옹이가 박힌 나뭇가지 그리고 뿌리가 한데 뒤엉켜서 한층 더 격렬하게 휘몰아치는 햇볕과 생명으로 가득한 나무 덤불을 그렸다. 이게 빈센트 반 고흐의 마지막 작품인 나무뿌리이다. 그리고 나무뿌리를 그리기 전 동생 테오에게 편지를 보내며 작품에 대해 설명한 것이 있다. 이것으로 그가 어떻게 살아왔는지 느낄 수 있었다.

"다음 그림은 '뿌리'이다. 모래 섞인 바닥 위로 나무뿌리들이 드러나 보이는 광경. 나는 이 그림을 그리면서 인물에 부여했던 것과 같은 감정을 풍경에 불어넣기 위해 노력했다. 힘없고 연약한 여인의 초상화에서처럼, 온 힘을 다해 열성적으로 대지에 달라붙어 있지만, 폭풍으로 반쯤 뽑혀 나온 이 시커멓고 울퉁불퉁하고 옹이투성이 뿌리들을 통해서, 살아가기 위한 발버둥을 담아내고 싶었다. 자연에 대해 이론적으로 설명하기보다 눈에 보이는 대로 충실하게 다루려고 노력하다 보면 여인의 모습에서도, '뿌리'에서도 위대한 몸부림이 저절로 드러날 수 있으리라 생각했다. 적어도 내 눈에는 이 그림들 속에 어떤 감정이 들어 있는 것 같구나……. '뿌리'는 연필 스케치에 불과하지만, 유화 작업을 할 때처럼 연필을 붓처럼 생각하면서 문지른 기도 하고 긁어내기도 했다."

이 작품과 그의 죽음을 다시 찾아본 데에는 지금 나도 그와 다르지 않았기 때문이다. 나는 지금 반지하에서 죽으려 테이프로 창문 틈을 다 막아놓고, 번개탄을 피워 죽을 일분이었다. 그런데 그 순간 내가 화가로서 좋아하고 싶었던 빈센트 반 고흐가 생각났다. 그를 좋아하는 이유는 그의 유작을 보면 어떻게든 숱한 역경 속에서 이겨내 보려고 발버둥 치고 있다는 느낌을 항상 받았기 때문이다. 그래서 그때 가슴에 총을 쏜 뒤 자신의 발로 병원에 향했을까. 이 이유는 마지막 작품으로 설명이 가능하다.

마지막 작품인 나무뿌리를 보면 그림 위쪽만 완성되고 아래쪽은 채색

이 덜 되어 스케치가 그대로 보인다. 이것 때문에 자살이 아닐 거라고 추측이 나오지만, 반대로 나는 이 작품으로 인해 자살이라고 생각한다. 그는 분명 죽으려고 방아쇠를 당겼고 쓰러졌다. 그런데 쓰러지는 순간에 화가로서의 욕망이 나왔을 것이다.

'나무뿌리를 완성을 시키고 싶다.'

자신은 분명 죽기 위해 마지막 작품을 완성하지 않았다. 하지만 화가로서의 욕망으로 일어나 병원으로 향했다. 그렇게 그는 땅에 깊숙이 뿌리내리고 싶었지만, 휘몰아친 폭풍에 쓰러지면서 땅속에 박혀있던 뿌리인 자신이 뽑혀 나온 걸 보았을 것이다. 그렇게 뽑혀 나온 나무뿌리를 보면서 자신이 환경에 적응하려고 분투한 흔적과 눈물겨운 투쟁을 느끼는 동시에 죽음도 느꼈을 것이다. 그래서 결국 나무뿌리는 미완성으로 끝내 이게 자신의 삶이라고 말하고 싶었다고 생각한다.

그런데 그는 알았을까. 자신의 작품은 완성이 되었다는 걸. 이걸 보고 '사람은 죽고 나서 가치가 보인다.'라고 하는 걸까. 그가 죽고 난 뒤 그림이 빛을 보고 많은 사람이 좋아하기 시작했다. 나도 그중 하나였다. 문제는 그를 동경하고 좋아한 탓일까. 정신과 치료, 생활고, 마지막 작품 끝으로 자살. 하지만 다른 한 개가 있다. 그는 죽어서 자신의 가치를 증명했지만, 나는 죽어서도 나의 가치를 증명하지 못한다. 그리고 그것을 받아들려야 한다는 나 자신이 서글펐다.

　그래도 일단 마지막은 그림을 그려야 했다. 그래야지만 죽을 때 의미 부여를 할 수 있으니. 그렇게 마지막 그림을 그리고 번개탄을 피웠다. 누군가가 내 목을 손으로 조르는 듯 숨이 쉴 수가 없는 상황이 만들어졌다. 나는 이 고통을 잊기 위해 수면제를 입에 털어 넣으며 침대에 누웠다. 마지막 순간 '그도 이렇게 죽어갔을까'라는 생각과 함께 필름처럼 여기까지 온 기억이 스쳐갔다.

　- 내가 죽고 있는 누구때문일까.

　- 언제부터 나 자신을 부정하게 했을까..

　- 내가 가려고 하는 길이 어디에서부터 꼬이고 엉망이 되고 망가지기 시작된 걸까.

　- 무엇 때문에 내가 여기까지 온 걸까.

　- 어떻게 왔을까 자그마한 반지하까지.

　- 도대체 내가 왜 잡으려고만 하면 상황은 더 악화되는 걸까.

차례

0. 어른이 된다는 건

스무 살 되던 해에 미대에 들어갔다. 1년 동안 열심히 다녔지만, 소심한 나는 대학 생활에 적응하지 못해 선택한 건 군대로 도망치는 길이었다. 군대 입대할 때는 제대하는 날만 기다리면 한없이 시간만 흘러갔다. 그렇게 시간만 흘러 제대하고 보니 그전과 달라진 게 없이 현실로 나왔다. 그런데 막 제대한 정신 때문일까. 아니면 아직 현실감각이 없기 때문일까. 대학에는 돌아가지 않고 휴학을 내버렸다. 그리고 스물넷이라는 나이와 그림 하나만 믿고 대구에서 서울로 무작정 상경했다. 그렇게 아르바이트하며 모은 돈으로 자그마한 반지하를 얻었다.

그리고 그 반지하에 '시작은 미약하였으나 끝은 창대하리라.' 이 문구를 벽에 붙여놓고 생각했다.

'원래 화가들은 이렇게 시작하고 나중에 크게 되는 거야. 이제 시작이다.'

그렇게 부푼 마음으로 프리랜서 일을 시작했다. 프리랜서가 작업, 생계 둘 다 지킬 수 있는 유일한 수단이었기 때문이다. 그렇게 몇 달 동안 일을 했지만 뭔가 나아지고 있다는 느낌이 안 들고 제자리걸음 할 때쯤 전시회에서 서른 둘인 김동진을 만나게 되었다. 소심한 성격에 안면기형까지 있어 대학 생활도 제대로 적응하지 못한 자격지심이 심한 나에게 항상 먼저 다가와 말을 걸어주었다. 나는 그 친절함에 마음을 열면서 금세 친하게 지냈다. 그렇게 나는 동진이 형으로 인해 다양한 전시회와 인맥을 만나보게 되었다. 하지만 내 자격지심 같은 성격 때문에 앞으로 나가지 못할 때 동진이 형은 나에게 한 가지 방법을 말해 주었다.

"살아남으려면 실력도 중요한데 먼저 인맥과 영업을 잘해 돼!"

그 말을 듣고 일면식도 없는 사람에게 먼저 다가가기 위해 한 일은 담배를 배우는 거였다. 나는 집으로 돌아가는 길에 편의점에 들러 처음으로 담배를 사러 들어갔다. 학교 다닐 때, 누군가가 담배 피우는 모습 보면 한 번은 피우고 싶었지만 피우지 못했다. 그때는 '몸에 나쁘겠다.'라는 생각보다는 '잘 나가고 친구가 있는 사람이 피운다.'라는 생각이 더 컸기 때문에 입에 대지 않았을 뿐이었다. 물론 지금은 이런 생각은 없어 졌지만, 요즘은 다른 생각이 들고 있다.

'사람이랑 어울리려면 담배를 배워야 하는구나.'

사회에 나오니 담배를 배워야 하는 순간이 의외로 많았다. 나도 그 사회에 적응하기 위해 범죄 저지르는 사람처럼 고개 숙인 채 담배를 사고 밖으로 나왔다. 내가 고개 숙인 이유는 사회에 무릎을 꿇었다는 무력감 때문일 것이다. 그 무력감을 앉고 아무도 없는 골목에 들어가 담배 한 개비 꺼내 입에 물고 라이터를 겼다. 그리고는 담배 한 개비에 불 지피려 숨을 들이마셨다. 그 순간 헛기침과 머리가 핑 돌았다.

'도대체 이걸 왜 피는 거지?'

나에게는 너무나 맛없고 머리만 아플 뿐이었다. 하지만 그들과 어울리려면 익숙해져야 했다. 그 사람들과 이야기도 해보고 인맥 쌓을 기회가 생긴다는 욕망으로 그 자리에서 한 갑을 다 피우고 비틀거리며 반지하로 들어갔다. 다음 날 되고 그들 무리에 자연스럽게 들어갔다. 몸은 찌들어가도 괜찮았다. 내가 몰랐던 내용, 정보를 더 많이 알 수가 있었다. 그렇게 처음으로 상경해 뭔가 움직이고 있는 것 같은 느낌이 들었다. 하지만 딱 여기까지였다. 그다음의 정보는 들을 수가 없었다. 거기에는 담배,

실력으로 안 되는 인맥과 배경이 중요했다. 여기 있는 사람은 다들 어렸을 때 알거나 부모로 이어진 관계들이었다. 내가 여기에 들어가려면 배경이 있어야 했다. 그러기 위해 나는 이름 있는 대학에 들어가야 했지만 그러지 못했다. 이로써 알았다. 왜 다들 이름 있는 대학에 가려고 하는지 말이다.

내가 이 세계를 알고난 뒤, 어느 순간부터 동진이 형도 나도 서로 피하고 있다. 동진이 형은 어릴 때의 인맥으로 이 무리에 들어왔다. 그리고 그 인맥을 뒤에서는 욕을 하기 시작한다. 앞에서는 먼저 다가가 누구보다 친하게 지내면서 말이다. 그런 동진이 형의 인상이 바뀌는 모습을 볼 때마다 역겨움이 느껴졌다. 이런 역겨움이 점점 느껴질 때쯤, 이 무리에서 나왔다가 안 나왔다가를 반복했다. 그런데 그들은 내가 없다는 사실을 단 한 번도 알아차리지 못했다. 즉 그들은 내가 한 번도 필요했던 적이 없었다.

결국 거기에서 배운 것은 담배와 자존심, 객기, 오기… 등 알량한 자존심을 버리는 걸 배웠다. 다시 그렇게 나는 혼자가 되어갔고 뒤돌아보니 어느새 내 나이는 스물아홉이 되어있었다.

오전 4시 30분 그냥 눈이 떠졌다. 할 수 있는 건 아무것도 없었지만, 현실을 자각해야 했다. 그리고 서울에 상경하며 모은 돈은 열정 페이라는 면목으로 5년 동안 삼천만 원이 전부였다. 그 돈은 소나기처럼 빠져나갔다. 이걸 막으려면 뭐라고 해야 했다. 아직 프리랜서 일을 못 구해 다시 선택한 것 일은 배달 일이었다. 고등학생 때 학원비 모은다고 움직였고 대학생 때 1년이지만 등록금 번다고 한 아르바이트였다. 서울에는 상경할 때 다짐했다.

'배달 일 안 하겠다. 내 일로 먹고살겠다.'

그 다짐은 현실 앞에 쉽게 무너졌다. '내가 금방 돈 벌고 할 수 있는 게 이것뿐이다.'라고 합리화만 하면 일 구하는 건 금방이었다. 그 이유는 5년 동안 알량한 자존심 버리는 일은 이미 익숙해졌기 때문이다. 그렇게 신념을 쉽게 버리고 오전은 작업하고 오후는 일하기 시작했다. 그리고 이 일할 때 회사원을 만나게 된다. 예전 학생 신분으로 일할 때는 회사원 보고 '힘들겠다.''회사원은 안 돼야지.' 했는데, 지금 내 앞 회사 목걸이 걸고 뒤돌아가는 회사원 보고 알았다.

'회사원도 꿈에 한 부분이구나.'

내가 얼마나 어리석고 부끄러운 생각했는지 알 수가 있었다. 이런 하찮은 생각을 하고 살아온 탓일까.

지금 가장 만나기 싫은 사람을 만났다. 나는 갑자기 쏟아지는 소나기를 뚫고 한 아파트 맨 위층인 42층까지 올라가면서'도대체 얼마나 벌어야 지 이런 데 살 수가 있을까?'라는 생각하며 배달한 집에 벨을 눌렀다. 거기에서 짝사랑했던 박유정이 튀어나왔다. 박유정은 대학 동기이면서, 얼굴, 능력, 친화력 모든 게 있어 항상 주변에 사람이 넘쳐났다. 그에 비해 나는 안면기형으로 인해 자격지심에 찌들어있었다. 그런데 긴 머리에 웃는게 예쁜 그녀는 항상 먼저 다가와 주었다. 나는 그런 그녀의 상냥함에 빠졌지만, 거리를 두었다. 주제파악은 하고 있었기 때문이다. 그래도 그녀는 다가와 주었고, 많은 이야기를 했다. 그런데 내가 도망치듯 휴학하며 소식을 알지 못했다. 그 뒤부터 그녀가 한 번씩 생각날 때마다 생각했다. 나중에 우연히 만나면 부끄럽지 않게 만날 거라며 지내왔지만, 지금 그 바람은 처참하게 무너졌다. 지금 나는 갑자기 쏟아진 소나기에 홀짝

젖고 오토바이 기름에 너덜너덜해진 패딩인 반면 그녀는 하얀 원피스와 니트 카디건을 걸치고 나왔다. 그녀 안 본 지 7년 정도 지났지만 한눈에 알아봤고 바로 눈을 피했다. 어떻게든 그녀가 나를 못 알아봤으면 했다. 그렇게 고개 숙인 채 치킨을 주고 가려고 하는데 그녀가 나를 붙잡았다.

 - 저, 잠깐만요.

 나는 그 소리를 무시하고 갔어야 했다.

 - 네?

 생각과 달리 몸이 먼저 반응했다. 그녀는 얼굴을 90 정도 숙여 헬멧 너머에 있는 내 눈을 보며 얘기했다.

 - 어 혹시 창용이 아니야?

 - 어… 유정이?

 얼떨결에 대답했다.

 - 맞네. 여기에서 보네.

 - 어. 맞네… 이렇게 보네.

 어색한 대화가 시작할 때 그녀 뒤로 쭉 이어진 대리석 길에 중년 남자 목소리가 흘러나왔다.

 - 여보. 빨리 가져와.

 그 소리에 고개를 옆으로 기웃거리며 쭉 뻗어진 거실을 들려다 봤다. 서른 중반 되어 보이는 아저씨가 아기를 안고 오는 모습이 보였다.

 - 결혼했어.

 그녀는 내 얼굴을 가로막으며 대답했다.

 - 아. 그래. 축하해.

 나는 놀라며 얼굴을 뒤로 내빼면 마음에도 없는 말하며 축하했다.

그 순간 그녀의 눈자위가 내 위 아래를 훑어보는게 느껴졌다.

– 지금 바쁘지. 더 얘기하고 싶은데 그런 상황이 아니네. 화가는 그만 뒀어?

– 아니. 하고 있지. 이건… 그냥 해보는 거야. 너는 화가 그만둔 거야?

아직 알량한 자존심이 남았는지 거짓말과 함께 입 밖에 나오는 대로 말하고 있었다. 반대로 그녀는 내 질문에 당황했는지 잠시 머뭇거리더니 모호하게 대답하고 인사했다.

– 뭐… 하고 있어. 나중에 언제 한번 봐.

– 어. 응. 언제 한번 봐.

우리는 마음에 없는 약속을 하고 빠져나왔다. 유정이는 예쁘고 성격도 좋아 능력 있는 사람을 만나 결혼할 것으로 생각했다. 그런데 이런 모습은 아니었다. 자신만의 경력을 쌓으면서 사는 줄 알았다. 나의 짝사랑이고 첫사랑이기도 했던 그녀가 능력 있는 아저씨와 같이 있는 모습을 보니 뭔가 씁쓸했다.

"남자는 뭐니 뭐니 해도 능력이구나."

엘리베이터 타고 내려가며 혼잣말로 중얼거렸다. 1층에 도착하고 밖으로 나오니 쪽팔림, 서글픔, 화남 등 이상한 감정이 한꺼번에 몰려왔다.

그런데 지금 이런 감정에 소비할 시간은 없었다. 어떻게든 꿈을 이어가기 위해 움직여야 했기 때문이다. 그렇게 오토바이 타고 출발하는데, 그녀와 만남 때문일까. 그만 출발한 오토바이가 빗길에 미끄러지면서 안에 있던 찜닭이 쏟아졌다. 그리고 그 음식처럼 나도 아스팔트에 슬라이딩하며 온몸이 쓸려버렸다. 한적한 길에 지나가는 사람이 없지만, 바로 일어났다. 지금 나는 아픈 내 몸보다 쏟아진 음식과 망가진 오토바이가 내 눈에 먼저 들어왔기 때문이다. 바로 일어나 쏟아진 음식을 손으로 대충 쓸어 담고 망가진 오토바이는 전봇대에 세워두고 근처에 있는 응급실로 갔다. 이제 내 손이 보이기 시작했기 때문이다. 응급실에 들어가 X-RAY 찍고 누워있는데, 나가는 돈이 생각났다. 그 순간 서글퍼졌지만 울지는 않았다. 아니 눈물이 안 나왔다.

'도대체 어디서부터 매듭이 꼬인 걸까?'

응급실 침대에 누우면 생각했다. 태어났을 때, 주변 환경, 주변 사람, 학창 시절 등 주머니에 넣어둔 이어폰처럼 어떻게 엉킨 줄도 모르고 꼬여 있었다. 꼬인 매듭 때문에 스트레스받는 와중에 의사가 왔다. 뼈에 문제가 없고 단순 타박상뿐이라고 하며 까진 피부를 치료를 시작했다. 그리고 그 의사는 치료만 하고 가야 했다.

살면서 적당한 거리가 있다. 알고 있지만, 일부로 모른 척 아무런 말 하지 않고 지나쳐야 하는 거리가 있다. 하지만 늙어가면서 이런 걸 까먹는 건지, 뻔뻔해지는 건지. 그 의사는 나의 꼬인 매듭 첫 줄을 꺼냈다.

- 아이고 몸에 상처를 왜 이렇게 많이 내셨어요?

- 네?

애써 외면하고 있던 상처를 마주했다.

- 똑바로 살아야 해요. 이런 거 하면 부모님에게 불효예요.

의사는 내 손목에 나 있는 몇 개의 선을 보고 얘기했다. 그리고 그걸 치료를 끝내고 나가면서 간호사에게 다시 언급했다.

- 나 때에는 안 그랬는데 요즘 것들은 안 되면 다 자해하니 이 나라가 자살률 1위지. 너희는 저러지 마라?"

- 네.

간호사는 나의 얼굴을 힐끗 보고 대답했다. 나는 이 순간에 그 의사에게 반박해야 했다.

'아니라고! 모르면서 말하지 말라고!'

하지만 나는 한마디 못하고 의사와 간호사의 가는 뒤 모습만 보았다. 어느 순간부터 화내야 하는 순간인데도 아무런 말 못 하거나 오히려 내가 사과하는 아이러니한 상황이 일어난다. 지금 그 상황이 일어났다. 아까 오토바이 사고 나서 사장님에게 연락했지만 받지 않아 문자를 남기고 응급실로 왔다. 내가 치료가 끝나니 딱 연락이 왔다. 받자마자 사장님의 첫 마디는 음식과 오토바이의 상황이었다. 그리고 알자마자 욕하며 오토바이 수리비와 음식비용을 내 월급에서 뺐다. 그리고 나는 전화 한통에 짤렸다. 나는 "괜찮나?"라는 걸 바란 건 아니지만, 욕먹는 상황도 바란 건 아니었다. 그리고 이런 순간인데도 내 입에서 나오는 건 단 한 가지 말 뿐이었다.

"죄송합니다."

내가 그 상황에 어떻게 화를 내야 하는 건지 잊어버린 것 같다. 아니 내가 애초에 화를 내보기는 했나.

학생 신분에서 벗어나고 어른 되어 자신 신념을 밀어붙여 나가는 줄 알았다. 막상 지금 어른이 되어 맞다 뜨려 보니 자신 신념은 펴지 못하고 두려움만 안고 간다. 그 두려움은 나에게 눈치를 키워줬다. 그 눈치는 나를 어른이 아니라 혼자가 되는 연습을 할 수 있게 만들어 줬다. '이게 어른이 되는 건가?'

0. 모든 선택은 내가 했다.

아르바이트에 잘리고 응급실을 나오니 비는 어느덧 그쳤다. 터덜터덜 힘없이 버스를 타고 유일한 나의 공간 반지하에 들어와 씻고 뻗었다. 유일한 내 공간이어서 그런가 자그마한 반지하가 뭔가 나를 위로해준다. 작업 공간, 부엌, 화장실이 일자형으로 보이면서, 현관문 바로 옆에 있는 방 하나는 잠자는 공간이다. 이 구조는 그 전 세입자인 웹툰 작가가 만들었다. 이분이 확실하게 작업공간과 잠자리를 구분해 만들어 놓았다. 나는 이 구조가 마음에 들어 보자마자 바로 계약했다. 그리고 비가 온 뒤 여기의 비밀도 알았다. 비가 오면 꿉꿉하고 퀴퀴한 냄새가 올라오지만, 내 공간은 여기가 전부이기에 버텼다. 하지만 오늘은 하루 사이에 일어났던 오만가지 감정과 비 온 뒤 나는 반지하의 꿉꿉하고 퀴퀴한 냄새가 다 섞여 잠이 오지 않았고, 이 감정을 표출해야지 잠이 올 것 같았다. 나는 가슴 속에 있는 알 수 없는 감정을 추스르기 위해 침대에서 몸을 일으켰다. 불이 꺼진 방에 앉아 오늘 하루를 다시 생각했다. 오늘 단 하루 다양한 일을 겪고 내 모습을 생각해보니 화가 나고 초라했다. 어느새 나의 꿈을 뒤로하고 다른 사람 위해 살아가는 내 모습이 보였기 때문이다.

'이걸 깨닫게 해 주기 위해 오늘 같은 일이 벌어진 것일까?'

박유정을 만나 초라한 내 모습 보여주고 의사 선생님이라는 사람은 쓸데없는 오지랖으로 내 상처를 보게 해주고 그 더럽고 쪽팔린 상황들을 뒤로하고 돌아오는 거 그만 나오라는 통보였다. 그게 오늘 하루 만에 다 일어났지만 한 번도 나는 아무런 말 못 하고 다 도망쳐 나왔다. 그러면서 느꼈던 무기력함이 나를 초라하게 해주었다. 이걸 알려주기 위해 오늘 하루가 일어났던 것일까. 굳이 이렇게까지….

'그런데 도대체 나는 언제 이렇게 무기력해졌을까?'

그렇게 한동안 작품에만 몰입하고 있었는데 어느 날 동진이 형이 찾아왔다.

- 창용아 잘 지내고 있는지 궁금해서 찾아왔다.

딱히 반갑지 않았지만, 적이 되면 안 좋으니 애써 밝은 척을 했다.

- 오랜만이에요. 어떻게 왔어요?

- 그냥 너 보고 싶어서 왔지. 작업을 잘 돼가?

- 어. 뭐 그럭저럭해가고 있어요.

씨 없는 대화만 이어가고 있는 그때 동진이 형은 여기에 온 이유를 말했다.

- 돈 되는 작업이 있는데 한번 해볼래?

- 아니. 괜찮아요. 나중에 할게요.

딱히 하기가 싫었다. 그런 일이 있고 난 뒤, 프리랜서 일을 막 시작했기 때문이다.

- 이거 진짜 일당 세고 좋아. 너니깐 주는 거야.

- 딱히 하고 싶지 않아요.

- 야. 내가 지금 부탁하잖아. 너 이거 하면 잠시 생계비 걱정 안 해도 돼.

돈 얘기에 한 번 내 주변을 둘러봤다. 반지하는 환기가 잘 안 되어 알 수 없는 냄새들이 뒤섞여 코를 찌르고 땅바닥에는 여러 물감이 거의 다 쓴 채 메말라 있는 게 눈에 띄면서 얼마 남지 않은 음식이 생각났다.

- 음…. 알겠어. 언제부터 하는 거예요? 진짜 일당은 센 거예요?

- 당연하지. 너 옛날에 벽화 그려봤다고 했지.

- 봉사활동에서 취미로 그려본 게 다예요.

- 괜찮아. 콘셉트는 내가 다 해놨고 빔으로 쏴 그냥 넌 그리기만 하면 돼.

- 형은?

- 원래 내가 하려고 했는데 그때 일이 갑자기 생겨서 너한테 주는 거야. 그거 아니었으면 내가 다 먹으려고 했지. 나도 아쉬워 죽겠어. 돈은 5대5로 할 거야. 그러면 되지.

- 아. 정말요? 그래도 되겠어요? 형이 다 한 건데요?

- 내가 일이 생겨서 그런 건데. 싫어?

- 아니…. 나야 고맙죠.

- 그럼 됐어. 내가 연락을 줄게.

동진이 형에게 며칠 뒤 문자가 왔다. 문자가 온 뒤 다음 주에 알려준 장소로 갔다. 막 인테리어가 깔끔하게 끝낸 술집 같은 가게인 것 같았다. 내가 해야 하는 건 외벽에 그리는 일이었다. 봉사활동으로 한 벽화와 취미로 한 일이 전부였지만 문제는 없었다. 동진이 형이 그전에 와 사장님과 콘셉트 맞추었다고 했다. 나는 동진이 형이 준비한 콘셉트와 빔을 이용해 그림을 따라 그렸다. 그리 힘들지 않았지만, 말로 들은 거보다 훨씬 더 작업량이 많아 놀랐다. 하지만 받은 돈을 생각하며 오전부터 나와 하고 있었다. 오랜만에 캔버스가 아닌 벽에 그리니 느낌도 색다르고, 나름 머리도 비우는 기분이 들어 괜찮았다. 문제는 그 기분이 오래가지 못했다는 것이다. 스케치 다 하고 그 안에 색을 넣고 있는데 내 등 뒤에서 뜬금없는 욕 소리가 들렸다.

- 씨발. 남의 영업 빼앗고 쪼개는 거 봐라.

그 소리에 돌아봤다. 돌아보니 두 사람이 나를 보고 있는 듯 느낌이 들었다. 괜한 오지랖일까 봐 주위를 둘러보았지만, 나밖에 안 보였다. 나는 설마 하는 마음에 그 두 사람에게 물어봤다.

- 저 보고 말씀하신 건가요?

그러자 왼쪽에 서 있던 키가 180 넘어 보이는 덩치가 큰 남자가 어이없다는 표정 지으면 빔을 등지며 다가왔다. 빔 때문인지 그 사람의 그림자가 나를 덮쳐오는데 무서웠지만, 티 내면 안 된다는 생각에 멀뚱하게 서 있었다. 어느새 검은 그림자는 사라지고 그 남자가 내 앞에 서며 나를 내려다보며 말했다.

- 그러면 너 말고 또 어디 있는데.

- 야 하지 말라니깐.

- 아 씨발. 있어 봐.

같이 온 일행이 어느새 그 사람에게 다가와 말리고 있었지만, 180 정도 되는 덩치가 큰 남자는 이성을 잃었는지 화가 난 상태로 내 물건을 발로 차면서 위협했다. 나는 이게 무슨 상황인지 알지 못해 위에 올려다보면서 떨리는 마음을 애써 감추며 말을 했다.

- 저… 지금 너무 황당하고 무슨 상황인지 잘 몰라서 그런데 말로 하시죠.

다행히 내 말이 통했는지 아니면 옆에 같이 온 일행이 잡고 있어서 그런 건지 진정된 듯 보였다.

- 우리가 다 해놓은 거 빼앗아 갔잖아. 모른 척하고 있어!

- 네? 그게 무슨….

이게 지금 무슨 소리인지 머리가 복잡해지고 있었다.

- 야. 잠깐. 저 사람은 진짜 아무것도 모르는 것 같은데.

- 시치미 떼고 있는 거잖아.

지금 내 상황을 말해야 오해가 풀릴 듯 했다.

- 아는 형이 일당 센 아르바이트가 있다고 해서 온 거예요.

그러자 덩치가 큰 사람이 한 번 심호흡 하고 얘기했다.

- 이걸 우리가 했는데 그 잘난 형께서 뒤통수치고 따간 거야!

이제 알게 되었다. 이 사람이 왜 화가 났고, 그 형이 얼마나 쓰레기인지. 그 형이 돈 벌려고 갖은 술수 써가면 이 사람들이 해놓을 걸 빼앗아 갔다. 그중에 제일 쓰레기 짓은 돈을 재료비도 안 나오게 깎아버렸다. 예를 들어 천오백만 원 정도가 되어야 인건비, 재료비를 받을 수 있는데, 그 형이 빔 쓰면 시간도 단축되고, 재료는 국산으로 쓰면 싸다고 하며 가격을 깎아내린 것이다. 문제는 나는 돈만 받으면 된다는 생각에 금액을 신경 쓰지 않았다. 나는 천 만중 삼백을 받았다. 재료비는 내가 다 쓰면서 말이다. 순간 그 형에게 "고맙다."라고 말한 기억이 떠오르니 한심스러웠다. 이제 모든 상황을 알고 아무것도 못 하고 넋 놓고 있는데 같이 온 색 노란 선글라스 낀 일행이 상황을 마무리 지었다.

- 그만해. 이분도 몰랐던 것 같은데 그냥 똥 밟은 거로 하고 가자.

- 야 앞으로 그렇게 살지 마. 씨발. 그 사람보고 말해. 어디 가서 그림 그리고 다닌다고 하지 말고 장사꾼이라고 하라고. 너도 똑같아. 인마.

그들은 한바탕 뒤집어 놓고 사라졌다. 나는 억울했지만, 반박은 하지 못했다. 돈을 받고 잠시나마 좋아했던 내 모습을 떠올렸기 때문이다. 그 사람들이 사라지고 한동안 바닥에 앉아 있다가 동진이 형에게 전화 걸었다.

- 지금 어떤 사람이 행패 부리고 갔는데 그 말이 다 사실이야?

나는 방금 있었던 상황을 따지며 물었다.

- 그게 뭐가 중요한데. 돈 받았잖아.

동진이 형은 뻔뻔하게 대답했다. 나는 뻔뻔한 말에 감정적으로 얘기했다.

- 장난해? 그게 중요한 게 아니잖아. 나는 이거 못해.

- 야. 네가 뭘 잘 모르나 본데. 나는 하라고 했지 선택은 네가 했잖아. 지금 몇 살인데 찡찡거리냐. 그러니까 네가 안 되는 거야. 얼굴이 안되면 실력이 있어야지. 그것도 없으면 낯짝이라도 두꺼워야지. 아무것도 없잖아. 씨발 사실 맨 처음에 네 봤을 때 뭐 되는 사람인 줄 알아서 접근했잖아. 나중에 알고 얼마나 욕했는데. 씨발. 하기 싫으면 돈 그냥 돌려주던가. 근데 그 돈 돌려주면 생계비는 있나?

동진이 형은 이때까지 나를 어떻게 봐왔는지 다 보여주듯 말했다. 그리고 나는 망치로 얻어맞은 듯 그 자리에 쓰러졌다. 그런 쓰러진 나를 보며 그 형은 비웃음 가득한 소리로 날 위에서 쳐다보는 듯 말했다.

- 어떻게 할 건데. 네가 안 하면 그 돈 돌려주던가.

돈 얘기가 들리자 쓰러져 있는 순간 반지하 생활이 보였다. 나는 반지하 생각에 눈을 찔끔 감고 기어가는 목소리로 얘기했다.

- 할게.

- 그러면 닥치고 해. 전화 걸지 말고 바쁘니깐.

끊기고 난 뒤 내 주위를 둘러봤다. 쓰러져 있는 페인트, 붓, 락카 등 쓰러진 물건은 다시 세우고 붓을 잡았다. 방금 상황을 잊기 위해 그림에 오로지 집중했다. 집중을 오래 한 건인가 어느새 밤이 되어 내 주위에는 웃음소리가 번져나가기 시작했다. 이 웃음소리 시작으로 점차 밤거리로 번져 나가면서 음악 소리도 넘쳐흘러 왔다. 나는 주위에 나오는 소리를 무시하기 위해 이어폰을 꺼내 공간을 만들었다. 그래야만 '이 공간에 혼자 있어도 괜찮다.'라는 느낌이 들었기 때문이다. 그렇게 '괜찮다.' '이런 일도 있는 거다.'라며 위로하며 그리고 있는데 귀에 끼워둔 이어폰에서 벨 소리가 들렸다. 나는 누구인지 확인을 했다.

"엄마"

방금 한 다짐을 다지며 최대한 아무런 일 없이 받았다.

- 여보세요?

- 밥은 먹었나?

- 왜? 밥 먹었다.

- 주위에 왜 이리 시끄럽니.

- 잠시 밖에 나와 있어서 근데 내 좀 바쁘다. 좀 다가 연락할게.

- 알겠다. 밥 챙겨 먹고.

- 알겠다.

유일하게 나를 걱정해주는 사람이지만, 반대로 나를 걱정하지 말았으면 한 사람이기도 했다. 그 이유는 아버지께서는 내가 태어나자마자 돌아가셔서 엄마 혼자서 나를 돌보셨기 때문이다. 그렇게 어느덧 어머니의 키를 넘고 군대를 제대하고 어른이 되었다고 느낄 때 엄마에게 말했다.

"대학교를 휴학하고 서울로 올라가 화가를 하겠다."

그 말 듣고 엄마는 격렬히 반대하셨지만, 결국에는 올라왔다. 나는 그 반대를 무릅쓰고 올라왔기에 손 벌리기가 어려워 혼자서 버텨왔다. 나는 나름 손 안 벌리고 잘 살아왔다고 생각했는데 그게 아니었나 보다. 엄마의 전화 받고 자존심도 없이 다시 벽화를 그리고 있으니 서글픔이 몰려오면서 갑자기 무너졌다. 갑자기 눈에는 이슬이 맺히듯 앞이 흐릿하게 보이기 시작하면서 뺨에는 누가 간질이는 듯 가렵기 시작했다. 나는 누가 볼까 봐 얼른 가려운 부분을 비비면서 괜찮다고 이런 일도 있는 거라며 벽화를 마무리했다. 정리하고 시간을 보니 자정이 넘어 다음날이 되어 있었다. 대중교통은 끊겨 선릉역부터 낙성대역까지 차갑고 비린내 나는 공기를 맞으며 걸어갔다. 겨울이 다가와 더 추워진 탓인지 몸은 피곤한데 정신은 더욱 뚜렷해지면서 지난 날이 스쳐 갔다. 인맥 쌓으러 담배를 배우고, 잘 되기 위해 비위 맞추고, 다시 안 하겠다고 다짐한 아르바이트를 하고, 그 모든 건 돈 때문이었다. 정말 동진이 형의 말대로 하나같이 내가 선택했다. 그런데 누구 핑계 대고 있는지 내 모습이 참 한심스러웠다. 그런 생각으로 걷다가 고개 숙인 얼굴에 해가 비치더니 반지하에 도착했다. 나는 들어가자마자 씻고 이불 펴고 누웠지만, 잠이 안 와 휴대전화 꺼내 SNS 들어갔다. 무의식적으로 스크롤을 내리고 있는데 내 SNS 댓글에 욕이 달리기 시작했다. 갑작스러운 욕으로 당황해 누워있던 몸을 벌떡 일으켰다. 그렇게 일면식 없는 사람들이 나에게 날린 비속어를 하나하나 읽었다. 계속 그렇게 읽다가 우연히 동진이 형의 SNS에 들어갔다.

"와 억울해. 자기 챙겨주려고 생각해 돈도 주고 도와줬는데, 인제 와서 욕하면서 다 내 탓으로 돌리니. 참⋯. 인생 헛살았네⋯."

이 글과 함께 내 SNS 아이디가 있었다. 이제 일면식 없는 사람들이 내 SNS에 온 이유를 알았다. 그렇게 그들은 나에게 변명할 기회조차 주지 않고 그 글만 읽고 욕하기 시작한 것이다. 나는 어떻게든 이 글을 해명하고 싶었지만, 이 사람들은 내 글을 보려고 온 사람이 아니란 걸 걸 알았기에 나는 몇 년동안 한 SNS를 무작정 탈퇴해버렸다. 그렇게 탈퇴한 뒤 왼쪽 손목을 쳐다보았다.

'고등학생 때와 같은 상황이 어른이 되어서도 똑같이 벌어지는구나.'

떠올리기 싫은 아픈 기억이 떠오르며, 저 멀리 검은 개가 나에게 걸어왔다.

살아오면서 많은 갈림길이 있다. 우리는 항상 그 갈림길에서 선택해야 한다. 한쪽에는 아스팔트로 깔린 부드러운 포장된 도로, 다른 한쪽은 흙길로 쫙 깔린 울퉁불퉁한 비포장도로. 보통은 아스팔트의 길을 선택해야 한다. 그런데 가끔 이상한 유혹에 끌려 흙길로 가는 사람도 있다. 지금 내가 그렇다. 그 결과 처참하게 실패했고 안전한 길을 선택할 거라고 후회하는 중이다. 하지만 처음부터 아스팔트의 길을 선택해 나아갔다며 나는 평생 후회라는 딱지를 만들고 살것이라고 나만의 합리화를 했다. 그래야지 살 수가 있었다. 물론 이 말은 실패한 내가 내뱉는 나만의 위로다.

0. 사람 또는 인맥

아픈 기억은 나를 부엌으로 데려갔다. 반쯤 새어 햇빛에 의지해 식탁에 갔다. 나는 이끌리듯 칼을 잡았다. 그다음에는 기억이 없지만, 왼쪽 손목에는 뜨거움이 올라와 정신이 들었다. 무의식적으로 칼 잡고 왼쪽 손목을 칼로 그은 것이다. 아프다고 소리쳐야 했지만, 예전에 몇 번 한 탓인지 오히려 두려움과 갑갑함이 사라지면서 마음이 편해졌다. 그러니 엄마와 했던 약속이 떠올랐다. 사실 엄마가 그토록 독립을 반대한 이유는 내가 자해를 했기 때문이다. 사실 자살 시도도 했지만 그건 엄마는 모르고 있다. 단지 엄마는 내가 자해를 못 하게 하려고 막았지만, 내가 도저히 뜻을 안 굽히니 엄마는 한 가지 약속을 했다.

'자해하지 마라. 영상통화는 적어도 일주일에 두세 번은 해야 한다.'

나는 이 약속을 한 채 올라왔지만, 지금 또 그 약속을 또 깨뜨렸다. 문제는 항상 자해하고 나니 약속이 떠오른다는 것이다. 그렇게 익숙한 듯 왼쪽 손목을 지혈하기 위해 오른손에 있던 칼을 내려놓았다. 그리고 왼쪽 손목을 지혈하기 시작했다. 그렇게 나는 침실에 들어가 브라운관 티브이에 나오는 내 모습을 쳐다봤다. 그러고는 무작정 욕을 쏟아부었다. 누구에게 내뱉는 욕인지 잘 모른 채 무작정 욕을 내뱉었다. 한참 내뱉고 나니 올라오기 전에 수많은 자해. 자살 시도를 한 게 떠올랐다.

왼쪽 손목을 그으면서 '과다출혈로 자살을 할 수가 있을까?' 라는 생각으로 한게 자해의 시작이었다. 무서워서 그랬을까, 살려고 그랬을까, 항상 손목에는 상처밖엔 생기지 않았다. 한동안 의미 없는 자해 하다가 자살 시도를 몇 번 시도한 적이 있다. 첫 자살 시도는 고등학교 시절이었다. 나는 티브이에 나오는 대로 천장에 끈을 매달고 목만 넣으면 죽을 줄 알았는데, 죽기까지 시간이 정말 오래 걸렸다. 더군다나 몸은 살고 싶어 그런 건지 고통을 피하고 싶은 건지 엄청난 몸부림으로 끈이 버티다 못해 끊어져 버려 실패했다. 그다음에는 옥상에서 떨어지는 것이다. 우리 집이 이사를 많이 다녔다. 이때 내가 살던 집은 4층 정도의 빌라였다. 죽으려고 옥상에 올라간 건 아니었다. 지금도 이때도 산 같이 높은데 올라가는 걸 좋아한다. 높이 올라가면 내 안에 있던 뭔가가 펑 하고 뚫리는 느낌이 들기 때문이다. 이때도 마음이 답답해 올라갔다. 그 순간 밑에서 얘기하는 소리가 들려 밑을 내려다봤다. 그런데 무슨 생각이었는지 높아 보이는 느낌은 안 들고, '떨어지면 죽겠나?'라는 생각이 들면서 누가 뒤에서 민 것처럼 뛰어내렸다.

운이 좋은 건가 나쁜 건가? 내가 일어난 곳은 병원이었다. 의사 선생님이 나무 때문에 완충작용 해줘 살았다고 이렇게 운 좋은 사람은 없다고 말했다. 나는 이 소리에 죽는 것도 마음대로 못한다는 생각에 '운이 정말 나쁘다.'라고 생각한 순간이었다. 그 뒤로도 자살 시도를 한두 번 더 했지만, 엄마에게는 들킨 적은 없었다.

물론 서울에 올라와 자살 시도한 적이 있다. 새벽쯤 수면제 약을 손으로 훔쳐지고는 바로 입으로 넣고 눈을 감았다. 그 순간 나는 죽어가는 줄 알았는데, 어떤 사람이 나를 깨우는 느낌이 들어 눈을 떴다.

약 기운 때문에 정신이 없어 여기가 천국인지, 지옥인지, 구별 안 되고 있었는데 내 눈앞에 중년 여자가 서 있었다. 나는 순간 엄마인 줄 알고 손을 뻗었지만, 그 사람은 내 손을 뿌리치고 나를 흔들고 있었다. 그 힘으로 인해 나는 정신이 들었다. 정신을 차리고 다시 쳐다보니 집주인 아주머니가 있었다.

집주인 아주머니가 내가 방값이 밀려 그냥 문 열고 들어온 것이었다. 아주머니는 내가 죽은 줄 알았다고 걱정해주며, 나에게 '괜찮아?'라고 연신 물어봐 주셨다. 나는 그 말에 '괜찮습니다.'라고 대답했다. 그래도 내가 죽는 줄 알고 걱정해주니 알 수 없는 감동이 몰려왔다. 하지만 이 마음은 얼마 가지 않았다. 집주인 아주머니는 주변에 너부러진 알약을 보고 내게 말했다.

- 총각 자살한 거 아니고 그냥 약 너무 많이 먹은 거지?

- 네?

나는 아직 이 말에 이해가 안 되어 되물었다.

- 총각이 만약 죽어 소문이라도 나며 집값은 내려가고 나는 이 집 팔아야 해! 그러니 죽으려면 여기에서 죽지 마.

단지 소문나 집값이 내려갈 걱정 했다는 걸 알고 나니 내가 '고맙다.'라고 감동한 내 모습이 쪽팔렸다. 아주머니는 내 기분과 상황을 상관하지 않고 마지막까지 처지를 밝혔다.

- 총각 방값 밀린 거 천천히 줘도 되니깐 계약 끝날 때까지 아무런 짓 하지 말고 조용히 나가 줬으면 좋겠어. 절대 나쁜 생각하지 말고.

- 네….

이렇게 이상하지만 나는 어떻게든 살아남았다. 운이 좋다고 할 수 있지만, 나에게는 다 운이 나쁜 상황들이었다. 다시로 이 지옥에 돌아와 살아야 했으니깐. 다시 지옥으로 돌아왔을 때는 항상 붙잡아도 될 이유를 찾았다. 그리고 그 이유는 단 한 가지밖에 없었다.

"화가"

화가라는 꿈을 간직하고 있었기에 그나마 앞으로 나아갈 수가 있었다. 그렇게 나를 앞으로 나가게 해준 꿈이 처참하게 짓밟혔다. 다른 것보다 충격이 컸다. 누군지도 모르는 사람과 내가 알고 있는 사람 모두에게 내 꿈이 짓밟혀버리니 일어날 수가 없었다.

그래서 그런가 이 정도 자해하면 기분이 풀려야 되지만 다시 억울함이 밀려왔다. 나는 피로 물든 수건과 티브이에 비친 억울하고 찌질한 내 모습을 보는데 순간 이런 생각했다.

'다음 장면은 뭘까?'

'주인공이면 어떻게 행동했을까?'

'피로 물든 수건은 치우고 정신 차려 다시 꿈을 위해 달려 나갈까?'

하지만 난 주인공이 아니었다. 그렇다고 조연도 아니었다. 단지 드라마에 지나가던 행위 1이었다. 이전까지는 행위 1이어도 주인공이 되는 줄 알았다. 역경 딛고 노력해 예쁜 사람을 만나 결혼하고 성공하는 역할이 되는 줄 알았지만, 아니었다.

'다들 똑같이 잘 살면 안 되는구나. 누군가가 밑에 받쳐주는 사람이 있어야 하구나.'

어느 순간부터 이런 생각과 그 사람이 나라는 생각이 떠나가지 않았다. 그런데 지금 나의 역할은 행인1도 아닌, 길거리에 지나가다가 어떤 용의자에 칼 맞고 죽어 아무에게 기억 없이 사라지는 역할이었다. 이 생각에 도달하니 마음은 편해지면서 생각했다. '도대체 왜 알량한 자존심을 지키려고 노력했을까, 어차피 죽을 건데 말인데."

이때까지 나는 '돈을 좇는 게 아니고 꿈을 좇는 거야.'라는 신념이 버티게 해 주었다. 그걸 한 번의 선택으로 그나마 있던 신념마저 내가 사라지게 해버렸다.

'그때 그 자리에서 돈을 되돌려 준다고 하고 그만뒀어야만 했나.'

이 후회라는 생각이 떠나가지 않았다. 물론 나는 돈을 선택했다. 그 결과 나는 돈 밝히는 장사꾼이 되었다. 이 모든 게 작품이 아니고 인맥으로 다가가 결과라고 생각한다. 그런데 별로 사람에게는 상처를 입지 않았다. 이때까지 겪었던 상처들로 굳어진 상태였기 때문이다. 그런데 내 꿈이 누구인지도 모르는 사람에게 짓밟히는 걸 보니 충격이 컸다.

스물아홉이 되는 동안 나름으로 열심히 달렸지만 처참하게 실패했다. 누군가가 보기에는 '노력하지 않았다.' '절박하지 않았다.'라고 말을 할 수가 있다. 지금 상황 보면 반박할 수가 없다. 항상 노력은 했지만 단 한 번도 나아지거나 좋아지지 않았기 때문이다. 만약 내가 단 한 번이라도 나아지거나 좋아졌다면, 이렇게는 않았을 것이다. 그들의 말대로 나는 노력하지 않았고 절박하지 않았다. 그래서 지금 이렇게 짓밟혔다.

대부분 길 걷다가 걸려 넘어지는 것은 큰 돌이 아니고 작은 돌에 넘어진다. 큰 돌은 확실히 눈에 띄기 때문에 피할 수 있지만 작은 돌은 잘 안 보이기 때문에 걸려 넘어진다. 그리곤 사람들은 털고 일어난다. 나도 그 사람들처럼 털고 일어나려고 했다. 하지만 생각지도 못한 곳에서 신발끈이 풀려버렸다. 그 순간 모든 것이 무너져 내려버렸다. 스물이라는 청춘을 무모하게 그림에 바친 결과가 처참했기 때문이다. 인정하고 나니 이번에는 색다른 느낌이 들었다.

'확실히 죽겠구나.'

나는 지금 암흑 같은 터널로 떨어졌다. 거기에 벽만 짚고 앞으로 가고 있는데, 두려움을 잊으려 어떻게든 행복했던 순간을 떠올리려고 노력했다. 하지만 그런 순간이 떠오르지 않아 주저앉았다. 그러는 순간 검은 개가 나타나 나에게 말한다.

"지금 네가 아무 말도 없이 사라져도 알아주는 사람이 있을까?"

나는 이 질문에 망설임 없이 대답한다.

"없어."

답이 쉽게 나오니 행동도 쉽게 옮겨졌다. 아까 왜 확실히 죽는지 깨달았다. 지금 처음으로 빈센트 반 고흐처럼 마지막 작품을 그리려 앉았다. 자그마한 반지하에 바람이 안 들어오게 테이프로 다 막아놓았다. 이제 이 안은 마지막 공기와 함께 캔버스밖에 없다. 이때까지는 충동적으로 자살 시도해 그림을 그려보지 않았다. 하지만 이번에는 빈센트 반 고흐처럼 나라는 화가가 있다고 보여주고 싶었다. 이 생각과 함께 이젤 위에 캔버스를 올리고 의자 옆에는 유화, 붓, 석유통, 휴지, 보조제 등 놔두고 뭘 그릴지 잠시 생각에 잠겼다.

'아무리 남들 눈에는 부족한 노력이었다 해도 나에겐 노력이었다. 다만 그 노력이 타인들이 봤을 때 많이 부족했는지, 타인들의 눈에 맞추려고 뛰다가 그만 작은 돌에 걸려 넘어지고 말았다. 매번 넘어졌던 경험이 있어 바지를 털고 일어나려고 했다. 하지만 이번에는 생각지도 못한 신발 끈이 풀리니 그만 주저앉아버렸다.'

내 상황에 딱 맞는 비유인 것 같았다. 마치 연주가가 타인의 눈을 신경쓰다 연주를 다 못 끝내고 내려온다. 이 생각으로 붓을 들어 스케치를 그려나갔다.

한가운데 플루트를 든 소년 그 소년 주변에는 피아노, 바이올렛, 첼로,

오보에, 트럼펫 악기들이 있었지만, 땅바닥에만 뒹굴어져 있었을 뿐이다. 소년과 같이 연주를 하는 사람은 없다. 소년의 연주를 들어줄 관객도 없다. 그래도 소년은 혼자만의 연주를 시작한다. 그 연주로 점차 검은색으로 탁해지지만 끝난다. 소년은 나를 나타냈다. 소년 혼자만 연주하는 것은 나의 꿈 이상을 나타냈으며, 아무도 없는 관객들은 외로움, 고독을 나타냈다. 마지막으로 배경을 탁한 검은색으로 한 이유는 누가 이 그림을 봤을 때 인상 찌 부릴 정도로 연민보다는 불쾌감을 느꼈으며 하는 바람이었다. 이 모든 걸 말할 수 있게 작품명은 미완성이다. 내 삶이 완성되지 않았기에 그림도 그렇게 표현했다.

다 그리고 나니 이번에는 정말 죽을 것 같은 느낌 들면서 빈센트 반 고흐와 함께한다고 생각했다. 마지막으로 17평 남짓한 집안을 한 번 둘러보고 무의식적으로 휴대전화를 켰다. 휴대전화 안 연락처에 들어가 동료, 학교 친구, 그 외모임에서 만난 사람들……. 등 둘러보았지만 혼자였다. 아무도 연락할 사람이 없어 계속 내리다 '엄마'가 보였다. 마지막으로 엄마에게 통화하고 싶어 눌렀지만, 연결되지 않았다. 불효여서 기회 주지 않은 건가 아니면 벌을 준건가. 어쩔 수 없이 쥐고 있던 휴대전화를 내려놓고 번개탄과 수면제를 손에 쥐었다. 수면제 약통을 꺼내 20알 정도 움켜쥐고 입에 털어 넣었다. 누군가 내 목을 졸리는 고통 받으며 번개탄 연기 속에서 반 틈 정도 보이는 창문 밖을 보았지만, 빨간 벽돌만 보일 뿐이었다. 그 순간 헛기침과 눈은 잠기는데 사이에서 헛웃음이 튀어나왔다. 지금 내 상황과 적절한 순간이라고 생각했기 때문일까. 이 상황이 익숙해서 그런 것일까. 그런데 자꾸 숨 막히는 고통 속에서 한 명이 눈에 밟혔다.

"엄마"

가족이라곤 우리 둘이 의지하며 살아왔지만, 내가 죽고 나서 혼자 있을 엄마가 눈에 밟혔다. 그렇지만 내가 이렇게 살아있다 해도 도움이 될 건 없다. 하지만 내가 지금 죽으면 엄마에게 도움 된다.

"사망보험금"

내가 죽고 나면 사망보험금이 나온다. 이게 마지막으로 엄마에게 딱 한 번 도움 되는 짓 한다고 생각한다. 아니 사실 내 마음의 죄책감을 덜어내려고 하는 행동이다. 그래야지 수면제와 번개탄의 연기에 취해 몽롱해져 쓰러져 가는 내가 편히 잠들 수 있기 때문이다. 근데 갑자기 어두운 연기 속에 휴대전화가 불빛을 비추면서 '엄마'라는 표시와 함께 가만히 옆에 있어 주던 검은 개가 이빨을 드러내며 나를 삼켜버렸다.

"얼마 동안 누워있었던 것일까?"

웅성웅성하는 소리, 엄마의 울음소리, 알 수 없는 불빛이 덮치면서 눈을 떴다. 그전처럼 예전 기억만 떠올린 채 눈을 떴다. 하지만 머리가 아파 제대로 일어나지 못하고 주위를 둘러봤다. 뜨거운 햇살만이 반쯤 되어있는 창문을 뚫고 나와 누워있는 나를 비추고 있었다. 점차 조금씩 정신 차리고 주위를 둘러봤다. 부엌, 화장실, 캔버스, 방 반지하의 구조가 한눈에 들어왔다.

"아 또 실패했구나…."

나는 이 생각과 함께 억지로 몸을 일으켰다. 일단 반쯤 되어있는 창문을 열어 연기가 빠져나가길 바랐다. 알고 보니 내가 테이프로 제대로 밀봉을 안 한 탓인지 테이프는 너덜너덜 떨어져 있었다. 결국 저번처럼 수면제만 먹고 잠만 푹 잔 느낌이었다. 하지만 연기를 마신 탓인지 머리가 아파 한참 동안 집에 누워 있다가 밤이 찾아왔다. 이제 머리 아픈 게 사라지고 휴대전화를 찾았다. 아까 엄마가 전화 온 게 맞는지 확인하기 위해서다. 휴대전화를 찾는 순간 그리운 이름이 떴다.

"정만호"

김동진이라는 사람이 유일하게 나에게 도움을 준 것은 정만호 형을 만나게 해 준 것이다. 만호형은 그 세계에 있던 무리와 달랐다. 동진 형은 항상 만호 형을 보고 '실력으로 해야지.' '관심받으려고 애쓴다.'라고 험담하고 다녔다. 물론 나도 맨 처음에는 그 말에 인정했다. 만호 형은 항상 중세 유럽 같은 옷과 모자를 쓰고 돌아다니는데, 특이해서 그런가. 항상 주위에 사람이 많음과 동시에 다양한 이야기가 흘러나왔다. 하지만 만호 형은 누가 어떻게 보는지 상관이 없는 듯 항상 당당하게 돌아다녔다.

그렇게 만호 형과 한 번씩 만났지만, 단순히 인사만 하고 제대로 이야기해 본 적은 없었다. 그러다가 친해진 계기는 만호 형이 나를 구해주고 술자리 하게 되면서 만호 형이라는 사람을 알았다. 만호 형은 자신의 신념이 있는 동시에 순수한 사람이었다. 그 만남 있고 난 뒤 우리는 서로에 대해 얘기했다. 그로 인해 유일하게 나의 고민을 말할 수 있는 사람이다. 그러다가 내가 그 무리에 나오고 만나는 날은 줄어들고 안부 연락하는 정도가 늘어나게 되었다. 그런데 며칠 전 만호 형이 연락이 와 잠깐 만나긴 했는데, 이주도 안 돼. 또 만호 형이 전화가 왔다. 나는 반가움 바로 받았다.

– 늦은 시간에 뭔 일이야?

방금 집에서 무슨 짓을 하고 깨어났는지 잊은 채 밝은 톤으로 이야기했다. 그런데 통화 너머에는 울음소리가 들려오면서, 만호 형 남동생 민호가 나를 일으켜 세웠다.

 - 형이 차에 번개탄을 피우고 자살했어요.

이 얘기 듣는 순간 정신을 차릴 수 없었다. 조금 전 내가 한 일이었기 때문이다. 그러면서 생각했다.

'내가 아니고 형이라니……'

덩달아 죄책감도 들었다. 그런 심정을 누구보다 알고 있는 내가 못 알아차렸다는 사실에 슬픔보다 죄책감이 컸다. 나는 일단 다 빠져나오지 못한 번개탄 연기를 뚫고 조립식 옷장을 열었다. 조립식 옷장에 검은색 정장을 꺼내 입고 만호 형에게 나갔다. 나는 한 번도 장례식장에는 가본 적이 없었다. 더군다나 내 주위 사람이 죽는다는 걸 생각해 본적이 없었다. 그렇게 나와 친했던 사람의 장례식장에 가니 이상한 감정들이 나를 사로잡았다. 나는 오만가지 감정을 안고 만호 형의 장례식장으로 향했다. 그러면서 잠시 택시 안에서 며칠 전 만호 형을 만남이 떠올렸다.

불과 며칠 전 우리는 만났다. 지금 와서 돌이켜 생각해보면, 만호 형은 신호를 보냈다. 포장마차에 앉아서 말이다

 - 창용아. 우리 예전에 마포대교에서 만난 거 기억난다. 그때 내가 너를 살렸는데. 근데 사실 나도 이제 와서 하는 말이지만, 나도 죽으려고 했어. 알다시피 우리 집이 망하면서 어쩔 수 없이 유학 생활을 접어야 했잖아. 정말 힘들었거든.

만호 형은 원래 유학 생활하고 있었는데, 갑자기 집안이 무너지면서 어쩔 수 없이 한국으로 돌아와야 했다. 한국으로 돌아온 나이는 어느새 서른이 되어있었다고 한다. 하지만 만호 형은 포기하지 않고 혼자 작업하며 대학원을 다녔다.

뒤이어 만호 형은 계속 얘기했다.

- 그때 전시회에서 몇 번 본 너를 본 거야. 그런데 나는 살리지 않고 쭉 지켜봤어. 무슨 생각 한지 아니?

- 무슨 생각 했는데요?

나는 처음 듣는 말에 당황함과 동시 궁금했다.

- 네가 떨어지는 거 보고 정말 바로 죽을까?

만호 형은 나를 보며 헛웃음 지으며 말했다.

- 네?

나는 이해 가지 않아 당황했다. 하지만 만호 형은 그런 내 표정과 대답에 신경 쓰지 않는다는 듯 계속 말을 이어나갔다.

- 나도 뒤따라가려고 했거든. 그런데 계속 지켜보는데, 너는 그 위에 서 있을 뿐 죽으려고는 안 보였어. 아니 정확히 말하자면, 살고 싶어 보였어. 단지 어떻게 살아야 하는지 잘 모르는 사람처럼 보였지. 그런 모습에서 내가 보였어. 그래서 너를 살린 거야. 무슨 말인지 알겠어. 그때 너를 살린 게 아니고 나를 살린 거였어.

만호 형은 처음으로 그때 얘기를 꺼내며 빈 술잔에 혼자 소주 따르며 마셨다. 하지만 내가 힘들 때마다 형은 항상 도와줬다. 그래서 별로 서운한 감정은 들지 않았다.

- 괜찮아. 형은 항상 내가 힘들 때마다 도와줬잖아. 내가 잠시 꿈을 접고 일을 할 때, 어떻게든 붓 잡을 수 있게 만들어줬잖아. 오늘 형답지 않게 왜 이래….

나에게 낙천적인 사람은 누구냐고 물어본다면, 주저 없이 만호 형을 말할 것이다. 그 정도로 만호 형은 긍정적인 사람이었다. 그런데 이날 따라 많이 우울하거나, 평온하거나 하는 감정의 변화가 보였다. 나는 그 모습 보고 잠시 '만호 형이 많이 힘 드는구나.'라고 생각하며 위로를 했다. 그런데 지금 보면 위로 같지 않은 위로였다.

- 저번에 전시회 열면서 점점 사람들이 형 많이 알아보는 것 같아. 이제부터 잘 될 거야.

- 그렇겠지. 그런데 너한테 이런 말 하는 건 아닌데⋯. 정말 미안한데⋯.

- 뭔데? 말해봐.

- 너 자살 시도 몇 번 해봤다고 했잖아. 할 때 안 무서웠어?

갑자기 자살 얘기가 나와 잠시 당황했지만, 만호 형이라서 다 말해주었다.

- 무서웠지. 근데 그때는 내일이 오는 게 더 무서웠어. 하지만 지금은 형 덕분에 정신 차리고 사는 거야. 나는 형이 아니었으면 정말로 죽었을지도 몰라. 그런데 갑자기 이런 거 왜 물어봐. 무섭게⋯.

- 아니. 인터넷 보니깐 번개탄 이용해서 죽을 수 있다고 하거나 목매달아 죽을 수 있다고 하는 것 같아 궁금해서 물어봤어. 무서웠는지⋯. 미안해⋯. 너에게는 물어보는 게 아니었는데.

나는 자꾸 자살계획 얘기하니 불안했지만. 애써 아니라고 생각했다. 지금 이 상황이 되어보니 나는 그 상황을 피하고 싶었던 것 같다.

- 아니야. 괜찮아. 그런데 왜 자꾸 무서운 얘기야⋯. 그 정도로 아주 힘들어? 나에게 한번 말해 줄 수 있어?

- 우리 처음 이야기하던 날에 집이 망했다고 했잖아.

만호 형은 자신 이야기를 털어놓았다.

– 응… 하지만 아직 원래대로 갈 수가 있다고 했잖아….

– 나도 그런 줄 알았는데… 아니더라. 이제 내가 집안을 책임져야 할 정도로 심각해졌어.

이 말 듣는 순간 내가 해결 할 수 없는 걸 바로 알았다.

'내가 도대체 뭐라고 말할 수 있을까?'

나는 어떻게 위로해야 할지 몰라. 아무런 말도 못 하고 정적만 흘렀다. 이 정적은 만호 형이 깼다.

– 부모님은 자신의 인맥을 통해 구해준 좋은 직장에 들어가면 안 되겠냐고 하는데, 나는 도저히 지금까지 해 놓은 걸 버릴 수가 없어 안 간다고 했지. 이거 없으면 못 살 것 같아….

만호 형은 유럽 중세 시절 나오는 모자를 벗고 손으로 만지작거리면 다시 얘기했다.

– 도저히 나는 회사 들어가면 오래 버티지 못할 거야. 나는 다른 걸 하고 사는 걸 상상해 본 적이 한 번도 없었거든. 무조건 화가로 성공하고 있는 모습을 생각하며 살았거든….

극도로 우울감에 빠진 만호 형의 모습을 처음 봤다. 일단 어떻게든 만호 형을 좋은 쪽으로 나가게 하고 싶었다. 하지만 이런 생각과 달리 입은 반대로 나왔다. 왜냐하면, 이때까지는 다 만호 형에게 '안 된다.' '몇 살인데 꿈을 좇고 있나.' '지금까지 안 된 걸 보면 포기하고 딴 걸 해라.' '집안이 힘든데 꿈을 좇아야겠냐?' 등 부정적인 말을 해왔을 것이다. 그런데 이런 말 하지 않아도 당사자가 더 잘 알고 있었을 것이다. 그러니 지금 만호 형은 한 사람에게라도 '할 수 있어.' '지금 조금만 더 나아가면 돼' '부모님에게 미안할 말씀이지만 형 인생이야.' 등 희망적인 말을 듣고 싶다는 걸 나는 알고 있었다. 그런데 이때 나는 마음이 가난했는지, 형이 이러는 상황이 너무 질투 났다.

나는 다른 일 하며 어떻게든 벌어나가는 반면 만호 형은 전시회도 열며 이름을 알리는 중이었다. 더군다나 이 일이 잘 안 되더라도 좋은 직장에 들어갈 수 있다고 얘기하는데, 나에게는 한없이 배부른 소리로 들렸다. 그런 자격지심 때문에 현실적인 얘기가 나왔다.

- 내가 지금 일을 하고 있어서 그런 건 아닌데…. 밥도 먹어야 꿈도 꿀 수 있는 게 아닐까?

그랬더니 만호 형은 생각에 잠긴 듯 한동안 말이 없었다. 나는 만호 형의 눈치 보며 젓가락으로 안주를 뒤적거리며 생각했다.

'아. 찌질한 새끼. 무슨 말 한거지. 아…. 괜히 말했다. 어떻게 풀어야 하지'

나는 이 상황을 수습해야 할 것 같은 느낌 들어, 젓가락을 내려놓고 말했다.

- 형 내 말은 그러니깐…. 꿈을 지키기 위해 잠시 돌아가자는 말이야. 너무 안 좋게 듣지는 마. 미안해….

그러자 만호 형은 '괜찮아.'라는 표정 지으면 입을 뗐다.

- 뭐가 미안해. 아니야. 나를 걱정해준다고 말한 거 알아.

만호 형은 다시 아무렇지 않게 대화를 이어나갔다. 이렇게 대화를 이어나가는데 내가 내일 일로 인해 대화를 끝내버렸다.

- 형 우리 진짜 많이 먹었다. 근데 내일 일 나가봐야 해서 더 마시면 안 될 것 같아. 미안해….

- 아니야. 내 얘기 들어줘서 고마워. 이런 말 아무에게도 잘 못 해서 마

음속 깊이 감춰놓았는데, 말하고 나니 시원해진 것 같아. 네 덕분이야.
고마워.

　- 아니야. 나야말로 이때까지 형이 내 얘기 다 들어주고 도와줬는데,
나야 고맙지.

　"지금 생각해보니 왜 그날 마지막 사람 보는 것처럼'이때까지'라는 말
을 썼을까. 어렴풋이 느낌으로 알았던 것일까."

　나는 그렇게 자리를 정리하고 뒤돌아 가려는데, 만호 형이 나를 붙잡
으며 오래된 모자를 건네주었다.

　- 이거 너 해. 너무 많이 써서 다른 모자 쓰려고 하는데, 이 모자 딱
히 줄 사람이 없네.

　- 나 모자 잘 안 써. 특히 이 모자는 더 안 쓸 것 같아.

　이 모자는 만호 형 말고는 소화할 수 있는 사람이 없을 것이다.

　- 그래도 형이 마지막으로 이 모자는 너에게 주고 싶어서 그래. 형
이 나름 아끼는 모자야.

　- 아. 알겠어.

　만호 형의 눈을 보니 안 받으면 안 될 것 같아 모자를 받았다. 지금 생
각해보니 만호 형이 모자를 나에게 주며 분명"마지막"이라고 말했다. 애
써 흘려보낸 건지 술에 취해 흘려보낸 건지 그때는 알아차리지 못했다.
그렇게 이때는 못 알아차린 채 형이 준 모자를 손에 쥐고는 돌아서 가는
데 뒤에서 갑자기 형의 목소리가 들려왔다.

　- 창용아….---------- -------- ------- 아야 돼!

　음악소리와 길거리의 사람 소리가 형의 목소리를 묻게 만들었다. 그

렇게 나에게 닿지 않은 채 만호 형은 어둠 속으로 사라졌다. 빛이 없는 속으로 사라지는 형을 보고 소리쳤다.

　- 무슨 말이야? 못 들었어.

　만호 형도 내 목소리가 안 닿았는지 거리에 사람 사이에 사라지고 말았다. 그 순간 불안감에 휩싸였다. 나는 곧바로 휴대전화를 들어 만호 형에게 걸었다. 다행히 만호 형은 한 번에 받으며 이렇게 말했다.

　"별말 아니었어. 그냥 힘내라고."

　나는 만호 형의 목소리를 들었다는 안도감에 불안감은 사라졌다. 그런데 지금 보면 내가 외면한 게 아닐까.

　내가 매번 하는 생각이 있다. 나를 이용가치로 만나는 사람이 아니라, 진심으로 이해해주는 사람을 만났으면 좋겠다. 친구이든 연인이든. 그 바람은 만호 형으로 인해 이루어졌다. 만호 형은 내가 힘들고 어려울 때마다 도와줬다. 그런데 정작 나는 오랜만에 만난 술자리에서 그 사람을 외면하고 말았다. 나의 바람대로 그런 사람을 만났지만, 나는 그런 사람이 되지 못했다. 그걸 형이 죽고 난 뒤 알았다. 먼저 내가 그런 사람이 되어야 했다는 걸. 이때까지 없었다는 건 내가 그런 사람이 되지 못했다는 게 아닐까. 그리고 인정하기 싫지만, 나는 만호 형을 사람으로 아닌 인맥으로 본 게 아닐까. 라는 의구심도 생겼다.

0. 가면

택시 안에서 여러 가지 의구심과 자책감 들 때쯤 장례식장에 도착했다. 시간은 웃는 모양처럼 오후 10시 10분을 가리키고 있었다. 택시에서 내리니 갑자기 가랑비가 떨어졌다. 나는 그 비를 피해 장례식장 앞에 있는 편의점으로 향했다. 서둘러 나온다고 조의금 봉투를 준비를 못 했기 때문이다. 그렇게 조의금 봉투를 사러 편의점에 들어갔다. 나는 봉투와 펜을 사서 나와 편의점 앞에 있는 테이블에 앉았다. 펜을 잡고 조의금 봉투 앞면에 追慕(추모)를 적었다. 追慕(추모)라고 적은 이유는 '고인을 그리워하고 기억하다'라는 뜻이라고 한다. 그러고 뒷면 왼쪽 아래에 이름을 적었다. 그다음 중요한 돈을 넣기 위해 지갑을 열었다. 하지만 현금은 없고 카드만 있을 뿐이었다. 나는 현금을 뽑으려 ATM기에 갔다. 그 순간 여기는 수수료 나간다는 게 생각났다. 그 생각에 서둘러 근처에 내 카드 은행사를 찾았다. 다행히 근처 1KM쯤 있었다. 거리를 확인 뒤 정장 재킷을 벗어 머리 위로 뒤집어 섰다. 편의점에 우산이 있었지만, 나에게는 비싸지 않았다. 그렇게 나는 가랑비를 뚫고 은행에 도착해 ATM기에 섰다. 그런데 바로 뽑지 못하고, 그 앞에서 시간 초과로 몇 번이고 처음 화면으로 돌아갔다. 인터넷에서는 조의금 액수는 친밀한 사이면 10만 원 하라고 했다. 문제는 내가 10만 원 가지고 할 수 있는 게 너무 많이 떠올랐기 때문이다. 그렇게 한참 고민하다 은행 문에 비친 내가 보였다. 그 모습에 얼른 돈을 뽑아 조의금 봉투에 넣고 가랑비를 뚫으며, 이번에는 장례식장으로 향했다. 장례식장에 들어가자마자 근조화환들이 길을 안내해주었다. 나는 근조화환이 안내해주는 길 따라 형의 빈소에 들어갔다. 나는 인터넷에 본 대로 조객록에 서명을 했다. 그리고 만호 형의 웃고 있는 사진을 보았다. 그 사진을 보는 순간까지도 실감이 나지 않았지만, 형의 어머니의 서글프게 우는 목소리에 실감이 났다.

나는 이 모든 상황을 똑바로 바라보지 못하고 분향과 재배했다. 재배한 뒤 몸을 돌려 상주에게 조문하고 두 걸음 뒤로 물러났다. 그리고 뒤돌아 조의금을 내고 식사하러 자리 앉았다. 넋 놓고 앉은자리에서 형의 사진이 바로 눈앞에 들어왔다. 재배할 때 제대로 쳐다보지 않고 돌아 나왔는데, 앉고 나서 보니 고구마를 먹은 듯한 답답함이 몰려왔다. 하지만 내색은 할 수가 없었다. 나보다는 만호 형의 가족들이 더 초췌하고 넋 놓은 채 조문객을 받는 모습을 보았기 때문이다.

이상한 생각이지만, 만호 형은 마지막까지 아티스트의 면모를 뽐냈다고 생각한다. 영정사진 안에 자신을 나타내는 유럽 중세 모자와 옷 입고 웃고 있었기 때문이다. 생각해보니 그때도 그 옷 입고 나를 구해줬다. 택시 타고 오면서 생각했던 만호 형의 첫 만남이자 나를 구해준 그 날을.

2015년 한겨울 올라온 지 2년쯤 되었을 때였다. 아직 반지하 살며 전혀 진전이 보이지 않는 무기력한 나를 보며 극도의 우울감에 빠졌다. 우울감에 빠져나오려 새벽길을 걸었다. 얼마 동안 걸었나. 어느 순간 내가 마포대교 위를 걷고 있었다. 그러면서 마포대교에 떠 있는 글이 보였다. 그런데 이때의 나에게는 말장난으로 보였다. 나에게 말장난으로 보이는 글을 무시한 뒤 너머로 보이는 검푸른 한강이 보았다. 그리고 한강 너머로 보이는 빛나고 있는 서울 야경이 보였다. 빛나고 있는 야경을 보며 '어떻게 저기까지 갈 수 있을까?'라는 생각이 들었다. 그 순간 나는 자연스럽게 난간 위로 올라갔다. 난간 위에 위태롭게 서 있으면서, 저 멀리 야경을 보는데 금방이라도 갈 수 있을 것 같았다. 이렇게 위태롭게 서 있을 때 이상한 옷차림 입은 사람이 나의 이름을 불렀다.

 ─ 지금 뭐 하시는 거예요! 내려오세요! 주창용 씨 맞죠?

 내 이름을 부르는 소리에 고개를 돌렸다. 내가 고개 돌린 쪽에는 유럽 중세 옷에 유럽 신사 모자 쓴 만호 형이 있었지만, 어두워 한눈에는 알아보지 못했다.

 ─ 저를 아세요? 죄송한데…. 그냥 가던 길 가주세요. 저를 아는 사람 앞에서는 뛰어내리기 싫어요.

 ─ 그러면 내려오세요. 내려오기 전까지는 안 갑니다. 저한테 한번 말해보세요. 들어드릴게요. 어디 가서 치킨이나 뜯어 먹으면서 얘기해요.

 나는 그에 말에 뭔가 울컥했다. 그러고는 조심히 내려왔다. 생판 모르는 사람이 치킨을 사주는 거에 감동한 게 아니었다. 내 얘기를 들어준다는 거에 감동한 거였다. 그렇게 내려온 뒤 만호 형이라는 걸 알게 되었다. 우리 둘은 늦은 새벽에 치킨집을 찾았지만, 마감 시간이 다 되어 문이 닫혀있었다. 결국 치킨은 포기한 채 한 포장마차를 발견해 들어갔다. 우리는 들어가자마자 주목을 받았다. 만호 형이 입은 유럽 중세 옷, 유럽 신사 모자 그야말로 핼러윈 파티 복장이었기 때문이다. 나는 사람들의 눈초리와 속삭임이 느껴졌지만, 만호 형이 별로 주변 의식 안 하는 듯 아무렇지 않게 자리에 앉는 걸 보니 나도 형 따라 앉을 수 밖에 없었다. 그렇게 앉자마자 만호 형이 얘기를 풀어나갔다. 한동안 이야기하다가 나는 평상시 물어보고 싶었던 그의 옷차림에 대해 물었다.

 ─ 저 죄송하지만, 전시회에서 볼 때도 입고 다니시는 것 같은데. 평소

에도 입고 다니시는 거예요? 아니면…. 아, 아니에요. 죄송합니다.

　뒤에 말은 할 수가 없었다. 너무 실례일 거라는 생각이 들었기 때문이다. 그러면서 나는 말끝을 흐릴 수 밖에 없었다.

　- 아 많이 이상해요?

　이런 일을 많은 겪어봤다는 표정과 제스처를 지으면서 살짝 웃은 채 얘기했다.

　- 아. 안 이상합니다. 그냥 독특하게 입으셔서 무슨 이유가 있는지 궁금해서 물어봤습니다.

　나도 모르게 갑자기 군대로 돌아간 것 같은 말투가 나오며 거짓말했다. 하지만 나는 '너무 티가 났나?'라는 생각 들며 만호 형을 쳐다봤다. 만호 형은 오히려 이 상황을 즐기는 듯 웃으며 말했다.

　- 하하하. 장난이에요. 뭘 안 이상해요. 내가 봐도 이상한데. 내가 유학 생활하면서 유럽 문화를 많이 접했는데, 그걸 내 작품으로 나타내고 싶어서 평상시에도 입고 다니는 거예요. 그때 그 시절로 돌아가 많은 영감을 얻을까 봐.

　- 아. 그런데 이렇게 입고 돌아다니면 사람들이 뭐라고 안 해요?

　- 뭐라고 하지. 지금도 그러고 있잖아.

　만호 형은 주위의 인식을 알고 있는 듯 눈을 좌, 우로 돌리며 얘기했다. 그런데 이 상황을 즐기는 듯 보이며, 뒤이어 계속하기 얘기를 시작했다.

　- 모르는 사람들이 조언한답시고 얘기하는데, 그건 듣는 사람이 들을 준비가 돼 있어야지 듣지. 나는 들을 준비가 되어 있지 않았는데, 얘기하면 뭐해. 안 듣는데. 그래서 나는 그냥 무시하거나 피해. 근데 재미있는 건 뭐지 알아?

만호 형은 어린아이의 눈을 하고 나에게 물어봤다.

- 뭔데요?

나는 그 눈을 보고 생각했다.

"만호 형은 정말 예술을 좋아함과 동시에 순수한 사람이구나."

- 이걸 입고 전시회 가면, 이게 독특하다고 하거나 느낌 있는 예술가라고 주목받아. 그리고 핼러윈 파티에 가 봐. 이 옷은 그냥 평범한 거야. 상황에 따라, 환경에 따라 나를 판단하는 사람이 다 다르다는 거지.

나는 얘기를 들으며 만호 형이 예술에 대한 태도와 순수함에 매료가 되어버렸다.

- 아 저번에 몇 번 보니깐 저랑 같은 일을 하고 계신 것 같은데. 맞나요?

- 네. 지금 작품 그리면서 활동하고 있는데 잘 안 되네요. 인맥도 없고….

그러자 만호 형은 순수했던 얼굴은 어느새 사라지고 진지한 얼굴로 나를 바라보고 얘기했다.

- 예술은 인맥으로 하는 게 아니에요. 정말 좋아하면 계속하면 되는 거예요. 인맥으로 안 된다고 생각하는 건 그건 장사꾼이지 화가가 아니에요.

뭔가 뼈를 얻어맞은 순간이었다. 올라올 때 오직 예술. 순수하게 화가라는 꿈만 보고 올라왔다. 그런데 어느 순간부터 내가 속물이 되어있다는 걸 몰랐다.

- 아… 죄송합니다. 저도 모르게….

- 아니에요. 지금까지 얘기를 한 건 저 같아 보여서 한 말이에요. 저도

몇 번씩 흔들린 적이 있거든요. 괜찮아요, 결국 제대로 된 방향만 알면 되잖아요. 나침판 알아요?

- 어… 네

- 처음에 방향을 찾을 때 나침판도 많이 흔들리지만, 결국엔 방향 잡잖아요. 지금 우리도 똑같다고 생각해요. 혹시 그린 작품들 볼 수 있을까요?

-아…. 네. 물론이죠.

그렇게 우리는 각자 그린 작업을 보여주면 다양한 이야기를 했다. 예술계의 어두운 모습, 앞으로 어떻게 해나가야 할까, 무슨 재료 사용하나, 어디에서 영감을 얻어서 작업을 그렸나 등 서로 직종이 같았는지 마음이 맞았는지 쉴 새 없이 얘기를 시작했다. 지금까지도 얼마 없는 좋은 기억 중 하나로 남아 있다. 그리고 이 기억이 나에게 만호 형이 이때까지 어떻게 그림을 그려나갔는지 보여준다.

- 그림에 평가받는 게 뭐가 있는지 알아?

- 잘 몰라요. 일단 개성이 있으면서 눈에 띄어야 하는 거 아닌가요?

- 그것도 맞는데 첫 번째는 희소성 두 번째는 미술적이면서 예술성 세 번째는 미술사적 위상 즉 얼마나 그림 작업을 이어갔는가. 중간에 포기 했으면 저평가를 받지. 그중에 가장 중요하게 작품의 소장자가 누구였는가. 만약 유명한 사람이 이 그림을 소장을 했다가 경매에 나오면 훨씬 더 평가를 받지. 그런데 나는 그것보다 중요한 건 시대적 상황과 삶의 고민을 얼마만큼 담아냈는가. 이게 작품에 대한 평가를 더 많이 해야 한다고 생각해. 그게 화가의 모든 것이라고 생각하거든. 그전에 죽으면 모든 게 쓸모없겠지만. 빈센트 반 고흐 알지?

- 네. 제가 제일 좋아하는 화가예요.

– 빈센트 반 고흐도 버텼으면 빛을 보고 죽었을 거야. 그때도 지금도 버텨야 하는 시대에 살고 있어. 버티고 버티다 보면 서서히 시대가 자신에게 다가올 거야. 이때가 되었을 때 비로소 우리는 빛을 볼 거야.

우리는 그렇게 많은 이야기 나누면 형, 동생이 되었다.

만호 형의 마지막 사진을 보니 이렇게 옛 생각이 스쳐 갔다. 너무 추억에 빠진 건가. 눈에 물이 차면서 뺨으로 흘러내렸다. 흘러내리는 걸 느끼는 순간 누가 볼까 서둘러 닦아냈지만, 마르지 않는 샘물처럼 눈에서 계속 흘러나왔다. 나는 그 샘물을 없애려 고개를 위로 올리면 두 눈 꼭 감은 채 양쪽 검지 두 개로 계속 누르며 비볐다. 최대한 눈이 가려운 것처럼. 그러면서 짧은 바람을 했다.

'이 눈물이 만호 형을 인맥이 아니라 사람으로 대한 것이라고. 생각한 것이라고'

몇 분 동안 누르고 있었나. 어느 정도 마음이 추슬러졌는지, 식탁에 차려놓은 밥을 먹고 있었다. 그때 뒤에서 거슬리는 소리가 들려왔다. 숟가락으로 밥을 먹고 있지만, 이 순간부터는 단지 행위에 불과했다. 내 신경은 얘기하는 아주머니에게 가 있었기 때문이다.

– 왜 죽었대?

– 자살이라던데.

– 어쩌다가 뭐 화가 된다고 했지 않나?

– 대학원도 다니고 있다고 들었는데?

– 생활고에 시달리다가 자살한 거 같은데?

– 아니, 만호 엄마는 몰랐대? 제 자식이 힘들 거?

- 집안이 망했는데 제 자식 볼 시간은 어디겠어…….

가식 속 착한 척. 앞에서는 '슬프겠다.''힘내세요.'라고 말하면서, 뒤로 와서는 '왜 죽었대?'라는 말로 만호 형을 안줏거리로 만들었다. 그렇게 만호 형은 죽고 나서는 하이에나의 먹이가 되었다. 그들의 하이에나 같은 목소리를 들으니 내 몸에서 소름이 끼쳤다. 내가 혹시 먼저 죽었으면'이런 수많은 사람의 안줏거리가 되었겠지.'라는 생각을 했기 때문이었다. 그러면서 다시 만호 형의 가족을 쳐다봤다. 그중 어머니가 눈에 들어왔다. 사람이 아닌 듯한 모습으로. 그 모습 뒤로는 웃고 있는 형의 모습도 같이 보였다. 그 모습을 보니 더는 뒤에서 나오는 하이에나의 소리를 듣고 있을 수가 없었다. 나는 그 소리를 피해 서둘러 먹고 장례식장을 빠져나왔다. 이제 나에게 만호 형은 웃는 모습 그대로 늙지도 않고, 그렇다고 더 젊어지지 않은 채 내 기억 속에 자리를 잡았다.

밖에 나오니, 가랑비로 내리고 있던 비는 어느샌가 굵은 빗방울이 되어 흘러내리고 있었다. 나는 잠시 비를 피하고자 천막으로 가 담배를 피웠다. 담배를 피우면 만호 형이 나를 어떻게 봤을지 생각해봤다. 내가 가식적인 사람이었을까 하며.

생각해보면 가식적인 사람으로 봤을 것 같다. 왜냐하면, 나는 항상 가면 쓰고 사람을 만났으니깐. 문제는 나도 알고 있었다. 그걸 알고 벗으려 노력했다. 하지만 언제부터인지 가면 없이는 누구도 만나지 못할 정도가 되어 버렸다. 언제 한번은 만호 형이 그런 말 한 적이 있다.

"한 번씩 가면 써야 할 때가 있어. 그건 누군가가 자꾸 내 인생을 뒤흔들려고 할 때야. 그때 가면 쓰고 최대한 그 사람을 멀리 피하고 돼. 피하고 난 뒤 이제 그 사람을 만나면 안 돼. 그리고 바로 가면을 벗어야 해.

그 가면을 벗지 않으면 어느 순간 편해지면서 다른 사람을 만날 때도 쓰게 될 테니깐. 그리고 그게 익숙해지면, 오히려 이제 그 가면이 너를 힘들어지게 만들 거야."

　만호 형은 느꼈던 걸까. 내가 가면을 쓰고 있는지를. 나는 언제부터 이 가면은 계속 쓰면서 왔을까. 지금 와서 생각해보면 학창 시절 때 나의 모든 가면이 만들어진 것 같다. 이제 기나긴 담배를 피우기 시작했다.

0. 거짓말

나는 태어날 때 안면기형으로 태어나, 나에게 들어가는 비용이 많았다. 문제는 그걸 엄마 혼자 감당해야 했고, 어릴 때 나는 몰랐다.

어릴 때 다 나와 같은 얼굴인 줄 살아오다가, 유치원에 입학하며 다르다는 걸 알았다.

어떤 한 아이가 나에게 삿대질을 하면서 말했다.

- 야 넌 얼굴이 왜 이래? 이상하게 생겼다.

이때 알았다. 나는 내 얼굴이 다르다는 걸 안 뒤 집에 가 엄마에게 물었다.

- 엄마 친구들이 내 얼굴이 이상하데?

하지만 이때 엄마는 나에게 사실대로 밝히지 않고, 거짓말로 둘러댔다.

- 우리 아들 얼굴 안 이상해. 얼굴에 상처 있는 건 어릴 적에 놀다가 다친 거야.

나는 그 말을 믿고 중학생 3학년 때까지 살아왔다. '어떻게 그때까지 모르고 살아왔냐?'라고 말할 수도 있다. 이 말에 살짝 해명하자면 이렇다. 초등학교 저학년 때 안면기형으로 수술을 받은 적이 있다. 그때는 상처가 사라진다고 생각하고 수술대에 올랐다. 수술이 끝나고 입아귀를 한없이 올린 채 거울을 봤다. 거울을 보자마자 변하지 않는 내 모습을 보며 입아귀는 한없이 내려갔다. 나는 그 상태로 엄마에게 하소연했지만, 엄마는 무시할 뿐이었다. 나는 무시하는 엄마에게 화남과 동시에 얼굴의 상처가 사라지지 않는 서글픔 마음에 눈물이 흘러나왔다. 엄마는 그런 내 상황을 아는지 모르는지, 퇴원 절차를 밟은 뒤 잠시 화장실에 갔다. 그렇게 나는 의자에 앉아 한동안 기다리는데, 엄마가 오지 않아 화장실 쪽으로 걸어갔다. 내가 화장실에 도착할 때쯤 내 뒤쪽 불 꺼진 복도에서 엄마 목소리가 들려왔다. 그 소리에 따라가니 엄마가 누구와 통화를 하고 있었다.

– 고마워. 창식아. 네 덕분에 창용이 수술 잘 끝냈어. 내가 꼭 돈 벌어서 돈 갚을게.

최창식이라는 사람은 엄마의 동생이다. 그렇게 엄마는 동생에게 감사함을 전달한 뒤 통화는 끊겨졌다. 그리고 불 꺼진 복도는 적막감이 감돌기 시작했다. 문제는 그걸 알아차리기에는 나는 어렸다는 것이다. 나는 방금 화난 상황을 잊은 채 복도에 나오는 엄마를 놀라게 해 줄 준비하고 있었다. 하지만 엄마는 오지 않고 흐느끼는 울음소리만 들려왔다. 그 소리에 나는 살짝 고개를 기울이며 불 꺼진 복도를 쳐다봤다. 엄마가 불 꺼진 복도에 쭈그려 앉아 어깨가 들썩거리고 있었다. 나는 그 모습에 엄마에게 가 무슨 일이냐며 위로를 해줘야 했지만, 내 발은 떨어지지 않았다. 그리고 나는 뒤돌아 원래 자리로 돌아갔다. 그때의 나는 엄마의 모습을 처음 봤는 동시에 우는 이유가 나라는 걸 어린 나이지만 알았다.

그 일이 있고 더는 안면기형에 대해 묻지 않았다. 그럴수록 나는 얼굴을 점점 가리게 되었다. 그 결과 내 사진은 없다. 내 추억도 없다. 우리 집에 들어가며, 흔한 가족사진이나 내 돌 사진을 찾아볼 수가 없다. 그나마 있는 내 사진은 학창 시절 때 찍은 단체 사진이나 졸업사진이 전부였다. 나는 그게 당연한 줄 알았다. 하지만 한 살 한 살 먹어갈수록 알았다. 적어도 집마다 가족사진 아니면, 돌 사진 하나쯤은 있다는 걸 말이다. 그 정도 나에게 관심을 끊고 살았다. 그래야지만 외모에 대한 관심을 안 가질 수 있었기 때문이다. 그렇게 나를 외면하고 지내오다가, 다시 한번 내 모습과 마주하게 되었다. 중학교 3학년 여름방학 때 엄마와 같이 몇 년 만에 성형외과에 갔다. 거기에서 내가 안면기형 있었다는 사실에 대해 어쩔 수 없이 마주했다.

내가 그 사건 계기로 안 좋은 습관이 있다면, 얘기할 때 사람 얼굴을 쳐다보지 않고 얘기한다는 것이다. 그 버릇 때문에 사람 얼굴을 잘 기억하지 못한다. 그런데 여기 계시는 성형외과 선생님은 아직 모습이 생생하다. 그 이유는 내가 만화책을 좋아하는데, 내가 좋아하는 슬램덩크 라는 만화책에서 나오는 안 감독을 똑 닮았기 때문이다.

그렇게 안 감독 닮은 성형외과 선생님을 볼 때마다 인상이 좋은 기억으로 남아있다. 하지만 병원은 아니었다. 나에게 병원 이미지는 무뢰배들이었다. 대기시간은 긴데 진료 시간은 몇 분이 안 되는 시스템을 이해할 수가 없기 때문이다. 문제는 혼자 다니면서, 이 시스템에 적응을 해버렸다. 내가 이 시스템에 적응하려 한 일이 근처에 꽂혀 있던 팸플릿이나 잡지를 꺼내 보는 일이었다. 그걸 보면 시간이 은근히 잘 갔기 때문이다. 그런데 이날은 엄마가 함께 병원을 가자고 했다.

- 기다려. 오늘은 병원 같이 가야 해.

- 가게는?

- 잠시 문 닫아도 안 죽어.

내가 치과에도 다녔는데, 그때도 혼자 갔다. 나는 매번 혼자 가는 게 싫어 같이 가자고 어리광을 피웠다. 그럴 때마다 엄마는 한마디만 했다.

'가게 때문에 안 돼.'

결국 혼자 치료받고 치과 의사 선생님의 말만 전하러 엄마에게 갔다, 그리고는 집으로 돌아갔다. 그게 패턴이었다. 그런데 이날은 엄마가 가게 문 닫고 같이 병원에 가자고 했다. 나는 앞에서 대수롭지 않은 척했지만 내심 좋았다. 항상 병원에 혼자 오면 같이 오는 사람들밖에 안 보였다. 하지만 이날은 혼자 오는 사람들만 눈에 보였다. 그 정도로 나는 외롭거나 심심하지는 않았다. 그러나 엄마와는 얘기하지 않았다. 엄마와 언제 제대로 얘기해 본지 기억도 나지 않지만, 이런 상황도 나는 나쁘지는 않았다. 그렇게 어김없이 내 이름이 부를 때까지 팸플릿이나 잡지 보며 기다리고 있었다. 한없이 시간과 정신의 방에 들어가 수련하고 있을 때, 갑자기 문 열리는 소리에 반응해 고개를 들었다. 문 열리는 틈 안에 안 감독님이랑 똑같이 생긴 성형외과 선생님이 앉아계셨다. 다시 문이 닫히면서 자연스럽게 나는 문 위에 달린 간판을 읽었다.

'구순구개열 전문의 김상렬'

이때까지 이런 간판은 없었다. 새로 생긴 간판인 듯 윤기가 나 보였다. 그 순간 나는 들고 있던 잡지를 내려놓고 엄마 눈치 보며 구순구개열 팸플릿을 찾기 시작했다. 그리고 한눈에 그게 들어왔다.

'구순구개열이란?'

나는 그 팸플릿을 도둑처럼 들어 뒷주머니에 쑤셔 넣었다. 쑤셔 넣자마자 엄마 목소리가 들렸다.

- 뭐해? 왔다 갔다 하지 말고 그냥 앉아 있어.

- 어. 알겠어.

- 아들. 항상 치과에서 맨날 이렇게 오래 기다려?

- 아니. 뭐 그냥 사람 없으면 빨리해.

- 그래….

뭔가 엄마의 목소리가 갑자기 풀이 죽은 듯 들렸지만 나는 알아차리지 못했다. 오로지 내 신경은 뒷주머니에 가 있었기 때문이다. 잠시 오랜만에 엄마와 얘기하고 난 뒤 20분쯤 더 기다렸나. 내 이름이 불리고 진료실 안으로 들어갔다. 나는 안 감독 닮은 성형외과 선생님께 다가가 의자에 앉아 진료받기 시작했다. 그 순간 다른 성형외과 의사 선생님 2명과 간호사 선생님 1명이 나의 상처를 함께 보기 시작했다. 안 감독 닮은 김상렬 의사 선생님은 나의 코를 한 번 들추고, 그다음은 입을 한 번, 마지막으로 인중을 누르면 나의 상태를 점검했다. 그리고는 독수리 타법으로 영어단어를 하나하나 입력했다. 입력이 다 끝난 뒤, 그들은 나를 앞에 두고 나의 상태와 수술 날짜를 잡았다. 이 모든 건 5분도 채 걸리지 않고 끝나버렸다. 그렇게 진료가 끝나고 병원 밖으로 나오자마자, 엄마는 가게로 나는 집으로 각자 길로 갔다. 나는 집에 도착하자마자 방으로 바로 들어가 팸플릿을 폈다. 팸플릿 첫 장에는 이렇게 적혀 있었다.

"구순구개열이란?"

"얼굴에서 가장 흔한 선천성 기형의 하나로, 우리나라의 경우 약 650~1,000명당 한 명꼴로 나타나며, 얼굴이 만들어지는 임신 4~7주 사이에 입술(구순) 및 입천장(구개)을 만드는 조직이 적절히 붙지 못하거나 붙었더라도 유지되지 않고 떨어져서 생기는 입술 또는 입천장의 갈림증이다. 단순히 피부나 입천장 점막의 갈림증만이 아니라 근육, 연골, 뼈에 이르는 총체적인 변형을 야기하며, 따라서 입술, 입천장 이외에도 코, 치아, 잇몸 및 위턱 등의 성장과 형태에 영향을 미쳐 얼굴 전체가 비정상적으로 될 수 있다."

나는 읽는 순간마다 충격이었다. 물론 내가 흉터가 아닌 걸 알고 있었다. 그래도 혹시 하는 기대는 하고 있었다. 흉터일 거라고. 일반 사람들과 다르지 않다고. 그런데 이제 이 모든 게 아니었다는 걸 직시해야 했다. 점점 현실을 직시할 때쯤 문득 궁금해졌다.

"엄마는 내가 이걸 언제까지 모르고 살 거라고 생각했던 것일까?"

하지만 문득 떠오른 생각은 수술한다는 생각에 어린 시절 기대감에 잊혀져갔다 아니면 아직 현실을 직시할 마음이 안되어 있는 걸 수도 있다. 그렇게 중학교 3학년 여름방학이 되고 입원을 했다. 6인실 병동에 혼자 누워있으면서 초등 학생 때와 같은 기대감에 가득찼다.

"새롭게 시작을 해야지."

다음 날 되고 수술실에 오르기 위해 엄마와 함께 가고 있었다.

- 아들. 엄마 밖에 있으니깐 너무 긴장하지 말고 잠시 푹 자다가 온다고 생각해.

- 알겠어. 걱정하지 말고 가게에 가 있어도 돼.

- 지금 뭐 가게 걱정하고 있어!

엄마는 나에게 짜증 섞인 목소리와 함께 부드러운 목소리로 의사 선생님과 간호사 선생님에게 얘기했다.

- 잘 부탁드립니다.

안 감독을 닮은 김상렬 의사 선생님은 웃으며 엄마를 안심시켰다.

- 어머니. 걱정하지 마시고 그냥 한숨 주무시고 오셔도 돼요.

그렇게 나는 수술장으로 들어갔다. 나는 엄마에게 내색은 하지 않았지만, 두려움보다 기대감에 사로잡혀 들어왔다. 어제 금식해 배가 고플 수도 있었지만, 그런 것도 없었다.

수술대에 눕고 의사 선생님은 옆에서 뭐라고 설명했지만, 기대감에 부풀려 모든 대답에 "네"라고 대답했다. 그렇게 산소 호흡기 같은 걸 얼굴에 대고 수면 마취를 시작했다. 그런데 기대감에 부풀어서 그런 건지, 이상한 오기가 생겨 버틴 건지, 눈을 부릅뜬 채 잠에 안 들고 있었다. 간호사 선생님은 그런 나를 보고 잔잔한 목소리로 한마디를 하셨다.

- 긴장 너무 많이 하신 것 같은데 긴장 푸시고 일단 눈을 감아 보세요.

간호사 선생님 말씀에 따라 눈을 감았지만, 바로 위에 있던 불빛이 강해 잠이 들기는 더 힘들었다. 하지만 일단 수술해야 하므로 계속 눈은 감고 있었다. 눈을 너무 세게 감고 있었나. 갑자기 머리가 아파 눈을 떴더니 의사 선생님이 나에게 뭐라고 하고 있었다.

- 괜찮아요? 지금 여기가 어딘 줄 알아요?

나는 지금 이게 무슨 소리인지 정신 못 차리고 있었지만, 일단 고개를 끄덕였다. 머리를 살짝 흔들었을 뿐인데 어지러워 토할 것 같은 제스처를 보내니 어디선가 나타난 엄마가 쓰레기통을 꺼냈다. 나는 그 안에 토를 하며 점차 정신을 차렸다. 조금씩 정신을 차리고 기대하며 화장실에 들어가 거울을 봤다. 아직 콧구멍 안에 거즈 같은 것과 코 위에는 반창고 같은 것을 덮어놔서 확인은 하지 못했다. 다행히 콧구멍 안에 있는 거즈는 당일 날 금방 떼어낸 다음 며칠 뒤 실리콘으로 만든 내 콧구멍 크기의 모형으로 대체가 되었다. 이 실리콘 모형을 몇 달 동안 코에 끼우고 다녀야 한다고 했다. 그래야지만 수술한 것이 제대로 된다는 말을 듣고 종일 콧구멍 모형을 끼우고 다녔다. 다행히 콧구멍 모형은 다 막힌 것이 아니라 도넛처럼 가운데는 뚫려있어 숨은 쉬는 데는 문제가 없었다. 그렇게 나는 퇴원을 했다. 퇴원하고 며칠 뒤 코 위에 있던 반창고는 떼어내고 콧

방울에 있던 실은 잘라냈다. 그리고 드디어 계속 외면하고 지냈던 나를 마주하게 되었다. 하지만 그때처럼 한 개도 변하게 없는 내 얼굴을 보며 굳어갔다. 그 순간 초등학생 때 느꼈던 허망함이 그대로 밀려 들어왔다. 그리고 엄마에게 따져 물었다.

　- 엄마 이 수술은 왜 한 거야?

　- 왜 한 거라니. 해야지 흉터도 사라지지.

　- 아무것도 변하게 없잖아.

　- 왜 변한 게 없어. 엄마 눈에는 변했는데.

　- 아니…. 하…. 아니야.

　- 아들. 왜 그래? 일단 집에서 밥 먹어.

　- 알겠어….

이 말과 끝으로 나는 방으로 들어가 누웠다. 이제 다 끝나고 새롭게 시작한다고 망상에 빠진 나 자신에게 허망함과 부끄러움이 밀려 들어왔다.

그렇게 중학교 마지막 학기가 시작되었고, 변한 것 없이 나는 학교에 다녔다. 불과 몇 주 전 받았던 수술은 꼭 한여름 밤의 꿈처럼 그렇게 사라졌다. 평범한 일상으로 돌아와 학교생활을 시작했다. 그래도 알아낸 건 있었다. 인중에 있던 흉터와 이때까지 받았던 교정치료가 안면기형때이었다는 걸 알게 되었다. 교정치료는 초등학생 때부터 지금까지 해오고 있었다. 이상하다고 생각은 했다. 그러나 나에게 관심이 없었기에 엄마가 하라는 대로 했다. 그런데 문제는 주위 사람들이 애써 관심 없던 나를 계속 바라보게 했다. 나보다 늦게 교정치료를 시작한 아이가 먼저 끝날 때가 있었다. 그럴 때마다 그런 아이들은 항상 물어본다.

　- 너는 교정치료를 왜 그렇게 오래 해?

- 나는 이빨이 많이 안 좋아서 오래 해. 나도 졸업하고 끝날 거야.

안면기형이라는 걸 알기 전까지는 계속 말도 안 되는 거짓말로 상황을 모면하고 다녔다. 아니 내가 했던 말을 믿고 싶었다. 그런데 이제부터는 거짓말이 되어버렸다. 내가 처음에는 몰랐다고 해도 지금 안 순간부터 그때 저지른 말들은 거짓말이 되어 주어 담을 수가 없게 되어버렸기 때문이다. 문제는 내가 이 거짓말 주워 담을 만한 용기도 없었다. 그렇게 알고 난 뒤에도 얼굴에 대해 물어보면 안면기형 때문이라고 말을 못 해, 이때까지 해왔던 대로 해명했던 대로 이야기를 해버리고 말았다.

'옛날에 놀다가 넘어져 일어난 상처다.'

그렇게 나는 남들이 2년밖에 안 하는 교정치료를 거짓말과 함께 이어갔다. 그리고 이 말이 입에 붙은 이유도 있다.

사실을 말하면 '반 친구들이 어떻게 볼까?'라는 두려움이 제일 컸다. 그 두려움은 누군가의 원망 쪽으로 흘러갔다. 잠시 수술 때문에 애써 잊었던 엄마에게서 오는 원망과 속상함, 배신감 오묘한 감정들이 다시 몰려왔다. 그러면서 한 가지 생각을 했다.

'어떻게 이렇게 낳아 줬지?'라는 것보다 '어떻게 나에게 사실을 말해주지 않았을까?'라는 생각이 계속 머리에 맴돌았다. 안면기형에 대한 원망은 없었다. 단지 진실을 말해주지 않은 것에 대한 원망이 있었다. 분명 나에게 사실을 말할 기회는 많았다. 하지만 엄마는 숨기고 피했다. 그에 대한 원망, 서운함, 배신감이 한꺼번에 몰려오며, 내 방 안에서 나만의 답을 찾아내기 시작했다.

"왜 나에게 사실을 말해주지 않았을까?"

이 질문 시작으로 답을 찾으러 생각의 줄기는 이어졌다.

"내가 알게 되면 상처 입을까 봐 일부러 사실을 말하지 않았을까?"

처음은 엄마가 나를 위한 마음으로 한 행동이라고 생각했다. 하지만 너무 깊이 생각을 한 탓일까. 아니면 별거 아닌 것을 오랫동안 생각을 한 탓일까. 자꾸 서운함이 여드름처럼 튀어나왔다.

"이렇게 생긴 내가 부끄럽고 다른 사람들에게 안면기형이라는 걸 말하고 다니게 쪽팔려서 말을 안 해 준 것일까?"

"엄마가 나를 인정을 하지 않은 건가?"

엄마가 나를 위해서가 아니라 내가 부끄러워서 숨긴 거라는 생각과 공간이 나를 감싸기 시작했다. 그 공간이 커지면서 갑자기 다른 사람들이 생각났다.

"반 친구는 알고 있었던 게 아닐까?"

"누가 알고 있었을까?"

"내가 거짓말을 하고 있었다는 걸 보고 즐기고 있었을까?"

하나하나 인물들을 떠올렸다. 의사 선생님, 담임선생님, 시장 아주머니, 반 친구 등 사람을 추려내고 있는데 반 친구라는 글자에서 순간 멈칫했다.

"반 친구"

이때까지 반 친구가 물어보면 흉터라고 말하고 다녔다. 그런데 이제는 내가 그전에 몰랐든 아니든 지금 그 사실을 알게 됐고, 그전에 해왔던 게 거짓말이 되어 버렸다는 사실이다.

중학교 때 괴롭힘은 없었다. 하지만 은근히 내가 왕따를 당하고 있다는 걸 느낌으로 알고 있었다. 알고는 있었지만, 한 번씩 말을 걸어주는 친구가 있어 좋았다. 그런데 그중에 내가 안면기형이라는 걸 알고 있는데도,

가만히 지켜보고 있다는 상상하니 갑자기 단거리를 뛴 듯 심장이 빨라졌다. 방 안인데도 식은땀이 흘러내리며 숨이 제대로 쉬어지지 않았다.

'그냥 시간이 이대로 다 멈췄으면 좋겠다.'

말도 안 되는 바람이 새어 나왔다. 나의 바람과 달리 시간은 흘러갔고, 학교를 등교했다. 평소와 똑같이 반에 들어가 자리에 앉았다. 어제 했던 쓸데없는 생각 때문인가. 내 등 뒤에서 들리는 반 친구들의 웃음소리는 비웃음 소리로 들리기 시작했다. 옆에 있던 친구가 하는 대화는 나를 향한 험담으로 들리기 시작했다. 그게 점점 심해지면서 없는 말수는 더 없어졌다. 누가 말을 걸어도 단답형만 대답하기에 이르렀다. 얼굴도 숨기고 싶어 고개를 더 숙이면 다녔다. 이게 내 마지막 중학교 생활이었다. 바닥만 본 채 졸업하고 고등학교로 진학하게 되었다. 나는 아무도 모르는 고등학교를 지원하고 입학했다. 중학교 때처럼 최대한 눈에 띄지 않게 행동하자는 마음으로 구석 자리에 앉았다. 그리고 그 자리에 앉은 게 문제의 시작이었다.

최준영이라는 한 아이가 내 옆자리에 앉았다. 그의 첫 모습은 갈색 파마머리에 코는 오뚝하고 몸은 운동한 듯 딱딱해 보였다. 즉 첫인상은 남자가 봐도 잘생긴 아이였다. 그에 비에 나는 같은 곱슬머리이지만 안 감은 듯 꼬여져 있고, 얼굴은 안면기형에 어깨는 많이 움츠려져 있었다. 이게 그 아이와의 첫 만남이었다. 이때부터 내 고등학교는 암흑처럼 어둡기 시작되었다. 그는 스스럼없이 나에게 말을 걸었다.

- 너는 얼굴이 왜 그러냐? 다쳤냐?

그는 아무것도 무서운 것이 없는 사람으로 보였다. 나는 그 모습과 질문에 당황하며 얼버무렸다.

- 어… 그냥 다쳤어.

거짓말로 나의 첫날은 어영부영 지나갔다. 평소와 같이 다음 날이 찾아 왔다. 나는 학교 규정대로 반삭을 한 채로 반으로 들어가 세번째 줄 구석 으로 자리를 옮겨 앉았다. 어제 그 아이만 피하자는 마음 때문이었다. 그 리고는 중학교 때와 같이 아무도 안면기형에 대해 모르거나, 알더라도 모른 척하고 지나갔으면 하는 바람으로 고등학교 3년이 지나가길 바라 면서, 푹 숙이고 자는 척을 했다. 그렇게 누가 오고 누가 나가는지 다 느 낄 수가 있었다. 그 사이에 그 아이가 들어왔다. 문제는 혼자가 아니었 다. 자기 친구들과 같이 반으로 들어왔다. 그러더니 뒤에서 웅성웅성 한 소리가 들려왔다. 나는 애써 그 소리를 무시한 채 눈을 감고 있었지만, 기척은 느껴졌다. 어떤 한 아이가 나를 기웃기웃하는 걸 느낄 수가 있었 다. 나와 그 아이와의 눈치싸움이 시작되었다. 다행히 눈치싸움은 종이 치며 길게 가지 않았다.

아직 적응이 안 되어서 그런지. 시간은 빨리 뛰어 점심시간이 다가왔 다. 나는 평소처럼 혼자 밥을 먹고 반에 돌아와 만화책을 보기 시작했다. 나에게 만화책이란 이 교실 속에서, 아니 현실에서 벗어나게 해주는 유 일한 낙이었다. 그렇게 고등학생이 되어서도 만화책에 벗어나지 못했다. 그러면서 가끔은 인물, 자연, 캐릭터, 오토바이 등 그림을 그리곤 했다.

한동안 혼자 만화책을 보며 시간을 보내고 있는데, 모르는 애가 나타나 내 얼굴을 힐끔힐끔 쳐다보기 시작했다. 나는 그 기척에 외면하고 싶었 지만, 결국 고개를 돌렸다. 누군지 전혀 모르는 애가 나를 뚫어지게 쳐다 보고 말했다.

- 야 너 구순구개열이지?

그 순간 내 몸은 굳어버리며, 한 가지 생각이 들었다.

'도망치고 싶다.'

나는 그 생각과 함께 무의식적으로 대답을 했다.

– 어? 아닌데…. 사고로 이렇게 된 거야.

그 순간 나는 내 자신에게 의문이 들었다.

'어? 그냥 사실대로 말하면 되는데 왜 거짓말이 나왔지?'

이제 모르는 사이에 무의식적으로 몸에 배긴 것이다. 문제는 그는 거짓말을 안 것인지. 쉽게 갈 생각이 없어 보였다. 지금 내 눈에는 그가 마치 병든 사슴을 물어뜯으려는 사자처럼 보였다.

– 아닌데. 내가 봤는데. 우리 학교에도 이런 애 있어서 알고 있는데. 맞잖아.

이렇게까지 물어뜯는 그 애를 원망도 하면서 반 애들이 나를 쳐다보는 눈도 감당해야 했다. 그런데 나는 이 상황을 감당하지 못해, 위안이라도 얻으려 잠시나마 나와 닮았다는 그 애를 생각했다.

'나와 같은 아이가 있다니. 그 애도 버티며 살고 있겠지.'라며 잠시 위안을 삼았다. 그런데 상황은 변하지 않고, 궁지에 몰리는 상황이 되니 갑자기 나와 같은 또래를 원망으로 바뀌어갔다.

"왜 하필 그 학교에 있어서 나를 지금 난감하게 만들지?"

그런데 나는 나를 물어뜯으려는 아이를 원망하는 게 아니고 나와 똑같은 그 또래를 원망하고 있었다. 나와 닮았다는 그 이유 하나만으로 아무런 죄도 없는 그 아이를 원망했다. 그걸 아는 순간 나 자신이 어리석게 느껴졌지만, 이 순간으로써 이 상황만 벗어나고 싶었다.

– 난… 아니야…. 사고 나서 그런 거야.

이 말로 나는 느꼈다. 나는 아직 내 모습을 아직 인정하고 싶지 않은 거였다. 한참 둘이 얘기하고 있는데 최준영이 왔다. 그리고 뒤따라 최준영의 친구들도 같이 왔다. 그 친구들과 최준영은 어느새 내 주위를 둘러쌓았다. 그 순간 동물원에 원숭이가 된 것 같았다. 그렇게 그들은 내 얼굴을 품평하기 시작했다. 나는 다시 종소리가 울리기 바랐다. 다행히 이번에도 내 바람대로 몇 분 정도 있다가 종이 울리고 각자 반으로 돌아갔다.

다시 다음날이 되고 그 아이들이 다시 나에게 왔다. 그들이 오는 모습을 보는데 꼭 악마와 같았다. 나는 그런 악마 같은 모습에 두려워 숨고 싶었다.

- 야. 정말 아니야. 맞잖아?

나는 아무런 말을 못 하고 고개 숙이고 있었다. 그러자 최준영과 아이들은 자기네들끼리 "맞다." 라는 쪽으로 기울기 시작했다. 물론 그 빌미는 내가 반박도 못하고 가만히 있으면서, 그들이 확정을 짓게 만들어주었다. 그렇게 악마들은 나를 지옥으로 끌고가기 시작했다.

- 쪽팔리니깐 말 못 하는 거 아니냐?

- 맞는 거 같네. 병신같이 생겨서 뭔가 사고 난 게 아닌 것 같더라.

- 그냥 맞다. 하면 될 것 가지고 왜 거짓말을 해. 기분 좆같게.

그들은 나를 앞에 두고 비웃으면서 얘기하기 시작했다. 그들의 웃음소리는 반 아이들 전체로 퍼져나갔다. 반 아이들도 서서히 내 쪽으로 시선을 돌리기 시작했다. 그리고 나를 보며 그들과 같이 비웃음, 한심함, 안쓰러움 등 불쌍하거나 한심스러운 표정들로 쳐다보기 시작했다. 나는 애써 마음속으로 '나를 보는 게 아닐 거야.''그렇게 보는 게 아닐 거야.'라고 되잡았다. 하지만 그 마음과 달리 자꾸 내 자리는 구석에서 가운데로 옮겨지는 느낌이 들었다. 내 자리가 가운데에 갔다고 느꼈을 때쯤. 그 반에 있던 아이들은 원으로 둘러싸 나를 비웃거나 자기네끼리 얘기하기 시작했다. 그 느낌에 내 고개는 점점 밑으로 숙여 들어갔다. 나는 누구 한 명이라도 멈추기 바랐다. 하지만 그 누구도 멈추지 않았다. 그 순간 이제야 나를 인정하기 시작했다. 그래야지 이 상황을 이해할 수가 있었다

이 모든 건 내가 한 거짓말로 시작했다. 지금 이 사단은 내가 만들었다. 그렇게 나에 대한 반성을 했다. 하지만 변하지 않는 상황을 보며, 그들이 이해가지 않았다. 그 반에 있던 아이들이 나를 비웃을 자격이 되나 싶었다. 그 순간 반 아이 중에 최준영에게 힘을 보태는 말이 흘러왔다.

- 야는 중학교 때 사고로 다쳤다고 우리한테 말했는데, 거짓말한 거였네.

그 말에 나는 몸이 얼어붙었다.

나는 중학생 때 한 거짓말이 들통날까 두려워. 최대한 멀리 아무도 지원 안 하는 고등학교를 선택했다. 그런데 나와 같은 고등학교를 지원한 동시에 같은 반이라니. 도대체 내가 무슨 잘못을 했나. 하며 하늘에 대고 원망했다. 나는 원망한 채 가만히 있다가 갑자기 튀어나온 아이를 보려 최준영의 무리를 뚫고 쳐다보았다. 나의 머릿속에서 기억도 없는 아이였다. 교복에 달린 명찰 '정민수'라는 이름을 봤는데도 기억에는 없었다. 근데 문제는 내 머릿속에서 기억이 없다고 이 상황이 끝이 나는 게 아니었다. 그들은 그의 말을 듣고 이빨을 드러내기 시작했다. 병든 사슴은 직감적으로 느꼈다.

'지금까지와는 다른 학교생활이 시작되겠구나.'

- 같은 중학교였나?

최준영은 정민수한테 물었다. 지금 내가 최준영에게 느꼈던 느낌이 무서움이었다면, 그에게 느꼈던 건 역겨움이었다. 그는 갑자기 일어나 최준영의 무리에 들어가기 위한 한 마리의 하이에나 같아 보였다. 그는 미끼가 걸린 표정으로 대답했다.

- 나와 같은 중학교였어. 우리가 물었을 때 그냥 사고라고 계속 우겨서 그런 줄 알았는데 지금 들어보니 거짓말한 거였네. 지가 쪽팔린 건 알긴 알았나 보네.

최준영과 친구들은 그의 말에 홀린 듯 점점 나를 물어뜯으려고 입을 벌렸다. 나는 곧 잡아먹힌다는 걸 아는 듯 모든 걸 포기했다.

- 중학교부터 거짓말을 한 거네. 근데 너희들은 그냥 그런 줄 알고 넘어갔나?

최준영은 다시 고개를 뒤로 돌려 그를 보았다.

- 우리는 그런 줄 알고 그냥 넘어갔지.

- 그런데 야는 너 누군 줄 모르는 것 같은 표정인데.

최준영의 친구 중 한 명이 얘기했다.

- 나 야랑 얘기해본 적도 없어. 발음도 진짜 이상해서 말 잘 안 해.

- 아. 진짜?

안면기형의 문제가 외형적으로만 있는 게 아니었다. 발음적으로도 문제가 있었다. 더욱이 교정하고 있어 문제는 더 컸다.

- 그러고 보니 야 한마디도 안 하고 우리만 떠들고 있었네. 우리를 개호구로 보네.

- 나도 개 호구였네.

정민수는 최준영과 친해지고 싶었는지, 그의 말을 따라 했다. 이렇게 내가 몰리는 상황인데도 나는 어떤 말도 못 했다. 그 순간 갑자기 내 머리가 숙어지면서, 책상에 머리를 박았다. 누군지도 모르는 최준영의 친구 중 한 명이 내 뒤통수를 때린 것이다.

 - 계속 사람이 말하는데 대꾸를 왜 안 하냐? 기분 더럽게….

 그러자 내가 맞았던 것이 웃겼는지 최준영이 웃기 시작했다. 그 웃음 시작으로 그 친구들도 웃기 시작했고, 정민수도 눈치 보다 같이 웃기 시작했다. 그들이 얼마나 웃었을까? 종이 울리며 그들은 각자의 자리를 돌아갔다. 돌아가던 도중 최준영은 멈춰 뒤돌며 나에게 한 마디를 날렸다.

 - 잘해보자. 1년 동안

 그 한마디는 입을 벌린 사자가 병든 사슴을 물어뜯는다는 신호탄이었다. 이렇게 병든 사슴은 무리에서 혼자가 되었다. 이제부터 등교하면 아무도 말을 안 걸기 시작했다. 만약 나와 짝꿍이라도 되면 무슨 에이즈에 걸린 사람처럼 책상을 살짝 띄우면서 어떻게든 나와 몸을 안 닿으려고 하였다. 나는 수업 하는 내내 수많은 자책과 원인을 찾으려 머릿속을 뒤집어놓았다.

"도대체 내가 뭘 잘못했는지?"

"어디서부터 꼬였는지?"

"거짓말 왜 했을까?"

 그 모든 질문의 답은 하나로 떨어졌다. .

"내가 이렇게 만들었다."

 어릴 때부터 나 자신을 숨겨왔고 비하했던 상황들을 쌓이고 쌓았다. 그렇게 쌓이고 쌓인 자격지심을 벗어나기 위해 거짓말로 나를 위장했다.

그런데 이런 거짓말 할 때마다 후회했다.

"그때 거짓말을 하지 말걸."

매번 하면서 후회했지만, 어쩔 수 없었다. 도망치고 싶은 상황이 될 때마다 튀어나왔기 때문이다. 한번 시작한 거짓말은 쏟아진 물처럼 흘러가 주워 담을 수가 없었다. 그렇게 거짓말은 나 자신을 못 믿게 만들어버리고, 한없이 자존감을 떨어뜨려 놓았다.

0. "師(사)자"라는 직업

이제 등교를 시작하면 최준영이 나에게 와 말을 걸어주고 같이 놀아준다. 좋은 쪽으로 말하자면 그렇다. 나쁜 쪽으로는 괴롭힘이 시작되었다. 그렇게 괴롭힘을 당한 지 몇 달이 넘어가고 있었다. 이제 반 아이들은 적응된 듯 나를 벌레 보듯이 보았다. 나는 그 눈빛에 익숙해졌지만, 몸은 움츠려 들었다. 그나마 다행인 건 최준영은 아침에만 그렇게 하다가 끝이 났다는 것이다. 이유는 자기들 친구끼리 축구하러 가거나, 거의 잠만 잤기 때문이다. 이 때문에 최준영의 괴롭힘은 있었지만, 그렇게 힘들지 않았다. 내가 힘든 이유는 다른 사람의 괴롭힘이 시작했기 때문이다.

티브이에서 나오는 드라마를 보면 힘이 있거나 권력이 있는 사람은 지켜보고만 있을 뿐. 대부분 그 밑에 있는 사람이 똥물을 뒤집혀 쓰거나 더 악랄하게 약한 상대를 괴롭힌다. 그 모습은 학교도 다르지 않았다. 최준영은 괴롭힘이 끝나면 한 아이가 나에게 다가온다.

"정민수"

그 일이 있고 집에 가서 엄마 서랍장을 뒤져 중학교 졸업사진을 꺼내 정민수라는 이름을 찾기 시작했다. 우리 학교 출신도 맞고 중학교 3학년 때 나와 같은 반도 맞았다. 그런데 나는 항상 중학교 때 있는 듯 없는 듯 지내와, 나에게 말을 걸어주는 사람은 한정이 되어있었다. 그 한정 되어 있는 사람 중 정민수는 포함되어 있지 않았다.

'단 두 명이 이 고등학교에 왔고 같은 반이 되는 건 몇 프로 되는 확률일까?'

같은 반 같은 학교에 나왔지만, 누군지도 모르는 정민수가 최준영보다 더 악랄했다. 정민수는 최준영의 무리에 들어가기 위해 나를 먹이로 삼은 하이에나였다. 그 하이에나가 먹이를 먹을 수 있게 단 한 번의 거짓말로 먹이를 던져주었다. 이 거짓말로 이제 나만의 시간은 사라졌다.

정민수는 키가 165 정도 메마른 몸이었다. 그에 반에 내 키는 178에 보통 체격이었다. 생각해보면, 마음만 먹으면 괴롭힘은 벗어날 수 있었다. 그는 최준영과 다르게 무서운 느낌은 없고, 아이가 놀고 싶어 온다는 느낌을 받았다. 그래서 정민수에게 괴롭힘을 당할 때, 몇 번 웃음이 나온 적이 있었다. 대응은 하지 못했다. 앞서 말했듯 그가 무서웠던 게 아니었다. 나는 그 애보다 뒤에 세상 편하게 자는 그 아이가 있었기 때문이었다. 한 번은 정민수가 나에 대한 괴롭힘을 멈추는 순간이 있다. 그건 최준영의 말 한마디였다.

- 야 너무 시끄럽잖아. 잠을 못 자겠다.

그 말에 정민수는 하는 행동을 멈추었다. 그러고는 다시 엎드린 최준영 보고 말한다.

- 미안해.

정민수는 최대한 최준영의 심기를 안 건드리려고 했다. 다른 아이들도 마찬가지였다. 그들은 그에 대한 불만, 짜증, 스트레스를 나로 인해 풀었다.

"매우 지질하게 생겼네."

"왜 하필 우리 반이야."

"쟤 때문에 공부를 못 하겠네."

그 불만들을 듣고 있자니. 이 반에는 세 명의 분류가 존재하는 것 같았다. 왕과 백성 그리고 노예.

왕인 최준영은 단 한 마디로 노예를 만들 수 있거나, 백성이 하던 행동을 멈출 수 있었다. 그리고 그 한 마디로 노예가 된 나는 이리저리 떠돌면서 백성들의 욕받이 대상이 되었다. 그중 가장 성실한 백성은 정민수였다.

다른 아이들은 말로 때리거나 나와 거리를 두었다. 그런 아이들과 반대로 정민수는 직접적으로 왔다. 이제는 수업 시간이 다가오는데도 정민수는 나를 놓치지 않았다. 결국 나는 그의 팔을 잡으며 말했다.

- 하지 마. 이제 선생님이 들어오실 거야.

그는 자존심이 상했는지 발버둥을 쳤다. 내가 잡고 있는 팔을 휘저으며 어떻게든 팔을 빼려고 했다. 나는 그럴수록 엄마가 발버둥 치는 아이를 잡은 것처럼 놓지 않았다. 분명 생각만 해봤는데, 역시 그는 힘이 약했다. 아니 훨씬 약했다. 그걸 그 애도 느꼈다고 생각한다. 하지만 인정하지 싫었는지 발버둥은 더 심해졌다. '왜 이 정도까지 할까?'라고 생각할 때쯤 정민수의 눈동자를 보며 깨달았다. 정민수도 다른 사람의 눈을 신경 쓰는구나. 특히 최준영을 신경을 많이 쓰는 것 같았다.

- 안 놔. 안 놔.

- 네가 그만하면 놓을게.

나는 절대로 놓지 않았다. 반대로 그는 어떻게든 빼려고 했다. 나는 알고 있었다. 그는 절대 나에게 놔달라고 말을 못 한다는 걸. 나에게 그런 말을 하는 순간 내보다 약하다고 인정하게 돼버리기 때문이다. 그 행동은 어느 순간 반에서 주목이 되어버렸다. 언제 일어났는지 최준영도 일어나 웃으며 지켜보고 있었다. 그도 최준영을 봤는지 순간 가까이와 작은 목소리로 말했다.

　- 일단 놓으라고. 선생님 온다고.

　나도 그의 말에 일리가 있다고 생각해 손을 놓았다. 그 순간 '퍽'이라는 소리와 함께 형광등이 내 눈에 들어왔다. 그 애가 온 힘으로 나를 발로 차 넘어뜨린 것이다. 나는 넘어지는 순간 책상 모서리에 머리를 박아버렸다. 내 손은 바로 머리를 움켜쥐며 피가 나는지 확인했다. 다행히 피는 나지 않았다. 안심하고 일어나려는데, 내 위로 검은 슬리퍼가 내려왔다. 그것은 멈추지 않고 쏟아졌다. 나는 그걸 막고자 굼벵이처럼 몸을 움츠러들었다. 한동안 쏟아지다 문 여는 소리에 발길질은 멈추었다. 그 문이 열리는 동시에 나를 보고 웃거나, 한심하게 보는 아이들은 이 상황에 끼기 싫다는 듯 등을 다 돌렸다. 그 문을 연 사람은 담임선생님이었다. 키는 170쯤 되어보이고, 머리는 더벅머리에 걸음거리는 아장아장하게 걷는게 특이하다. 그 모습에 본 순간 이제 이 상황을 벗어날 수 있게 되겠다는 희망을 봤다. 그런데 담임선생님은 나와 눈을 마주친 뒤, 움직이지 않고 한 쪽 눈썹은 올라가고 반대쪽 눈썹은 내려간 이상한 표정만 지은 채 까랑까랑 한 목소리로 한마디만 했다.

　- 거기 뭐해?

　- 장난치다가 뒤로 넘어져서 일으켜 세워주려고 도와주고 있었어요.

　정민수는 최대한 차분히 말했지만, 아직 흥분이 가시지 않았는지, 숨소리가 가빠져 있었다. 그리고 나에게 손을 내밀다. 하지만 아직 자존심이라는 게 있었을까, 그 손을 뿌리치며 일어났다. 담임선생님은 나와 눈을 마주쳤지만, 냉정한 표정으로 내 눈을 피하시며 다시 말씀하셨다.

　- 빨리 자리에 앉아. 수업 시작하게.

거기에서 느꼈다. 담임선생님은 한 번도 이런 경험을 당한 적이 없다는 걸. 분명 담임선생님은 잠시 서 있는 동안 생각했을 것이다.

"우리 반에 왕따가 있구나."

"정민수가 거짓말을 하고 있다는 걸 알고 있지만, 어느 한 사람도 얘기 안 하고 맞은 애도 얘기 안 하니 그냥 넘어가겠다."

– 네.

정민수는 마음이 놓였는지, 떨리던 마음을 내뱉듯 대답했다. 그렇게 내가 맞았던 상황은 수업 시간에 밀려 마무리가 되었다. 그러면서 나는 마지막 희망의 존재라고 생각한 동상이 무너졌다. 그렇게 그 무너진 동상을 보며 생각했다.

"교사라는 직업도 그냥 공무원이었구나."

담임선생님은 아무 일 없는 듯, 문학 수업을 시작하셨다. 문학 수업내용은 이문열의 소설 중 '우리들의 일그러진 영웅'이다. 대충 내용은 이렇다.

"5학년 때 한병태는 화려했던 서울 생활을 뒤로 한 채 초라한 시골로 오게 되었다. 그리고 5학년 2반에 들어가게 되었다. 거기에 엄석대라는 동급인 친구가 무소불위 권력을 휘두르는 걸 목격하게 된다. 한병태는 그 모습을 바꾸고 싶었다. 엄석대의 무소불위 권력을 제지하기 위해 갖은 노력을 다하지만 아무도 도와주지 않았다. 선생님마저 말이다. 그렇게 한병태는 무소불위 권력에 힘없이 지게 된다. 그러다가 한 사건으로 인해 한병태가 엄석대 밑으로 들어가게 되는데 거기서부터 한병태가 권력의 맛을 알게 된다. 그러던 와중에 새 학년이 시작되고 새로운 담임선생님이 오면서 뒤바뀌게 된다. 새로 담임선생님은 사랑, 존중, 용기, 정의에 대한 신념을 가리키는 선생님이었다. 결국 엄석대는 그간 무소불위의 권력을 새로 오신 담임선생님으로 인해 잃게 되면서 엄석대는 사라진다." 내용은 여기서 끝난다. 그 내용을 읽으며 생각했다.

"과연 무소불위를 휘두르던 엄석대는 어떻게 되었을까?"

수업시간이 끝이 나도 내 머릿속에 이 글이 사라지지 않았다. 야자 시간 때 이 내용을 다 알고 싶어, 도서관에 가, 책 빌려와 읽었다. 나는 그 책을 다 읽고 사라진 엄석대라는 인물보다 한병태라는 인물이 더 궁금했다. 분명 한병태는 무소불위 권력을 부수고 싶었다. 그 바람과 달리 실패하고 싫어했던 그에게 들어가 권력의 맛을 알아버린다. 그걸 보고 우리들의 일그러진 영웅 중 신념을 가리키는 담임선생님이 반 학생들에게 이런 말을 한다.

"너희들은 당연한 너희 몫을 빼앗기고도 분한 줄 몰랐고, 불의한 힘 앞에 굴복하고도 부끄러운 줄 몰랐다. 그것도 한 학급의 우등생인 녀석들이… 만약 너희들이 계속해서 그런 정신으로 살아간다면, 앞으로 맛보게 될 아픔은 오늘 내게 맞은 것과는 견줄 수도 없을 만큼 클 것이다. 그런 너희들이 어른이 되어 만들 세상은 상상만으로도 끔찍하다."

이 말을 듣고 엄석대에게 피해당한 걸 한 명씩 일어나 말하기 시작한다. 하지만 한병태는 마지막까지 엄석대를 옹호했다. 나는 그걸 이해하지 못했다. 맨 처음에는 혼자 엄석대에게 대항하다가, 마지막에는 엄석대를 옹호했기 때문이다.

"왜 그런 선택을 했을까?"

내가 내린 답은 우리들의 일그러진 영웅 중 한병태 아버지 입에서 답을 찾았다. 한병태가 아버지에게 엄석대의 이야기를 한 장면이 있다. "여기에서는 급장(반장) 엄석대의 말 한마디면 무조건 따른다."라고 말한다. 그런데 한병태의 아버지는 오히려 '그게 왜 문제인지?' 그것 때문에 '자기 아들이 왜 화가 나는지?' 이해 못 하고 이런 말을 한다.

"못난 놈. 걔가 얼마나 힘을 가졌으면 반 애들이 그렇게 절절매겠니. 남자는 그런 큰 힘을 가지고 있어야지 장차 나중에 큰 인물이 되는 거야. 걔 심부름꾼 하면서 불평을 가지지 말고 너도 힘 있는 급장(반장)이 될 생각은 왜 못하니?"

아버지는 엄석대의 편을 들고, 오히려 자기 아들이 나약한 사고방식을 가지고 있다며 꾸중을 했다. 나는 이 문장을 읽으며 이해했다. 마지막에 왜 옹호를 하였는지 말이다.

"그는 그를 동경을 했구나."

이 책은 1987년에 출간이 되었지만, 지금도 다르지가 않았다. 다양한 엄석대가 존재하고, 한병태 아버지의 말에 동의하는 사람도 있다고 생각한다. 나도 그중 하나이다. 그리고 나의 담임선생님은 정의를 추구하는 선생님이 아니라 그 전 담임선생님이었다는 것도 알게 되었다. 엄석대라는 존재를 알고도 방관한 선생님. 담임선생님도 최준영의 상황을 알고도 방관했다.

'그 아이가 무서워서 모른 척을 했던 것일까?' 아니면 '나는 그냥 무시해도 되는 대상이어서 그런 걸까?'

직업에는 귀천이 없다는 말이 있지만, 현실은 그렇지 않다. 나는 이렇게 생각한다. 다들 성공의 지름길은 수많은 '사자'라는 직업이라고 생각하기 때문이다. 그 수많은 '사자'라는 직업 중에 한 사람의 인생을 책임지는 직업이 존재한다.

"교사"

교사라는 일은 한 사람의 인생을 절반을 책임지는 직업이다. 그런데 어느 순간부터 교사라는 직업도 공무원의 한 부분으로, 돈이라는 한 부분으로 움직여지는 것 같다.

'우리는 직업에 대한 깊이를 얼마 정도 알고 있을까?'

0. 험담과 깃털

다음날 되고 정민수가 나에게 찾아와 비웃으며 말한다.

- 야 선생님도 네가 부끄럽나 보다. 어제 그냥 개 무시한 거 봤냐?

나는 그의 말에 대꾸하지 않았다. 그러자 그는 어제 일과 겹쳐 생각났는지, 주먹으로 나의 어깨를 때리면서 다시 얘기했다.

- 내 말 씹냐? 돌았냐? 지금 뭐 자존심이라도 있는 거냐?

다시 어제와 같은 분위기가 되려고 하는데 누군가가 정민수에게 물건을 던졌다.

- 씨발. 네가 이반 전세 냈냐? 왜 이리 시끄럽냐.

물건을 던진 사람은 최준영이었다.

- 아… 미안….

정민수는 이번에도 아무런 대꾸도 없이 앞으로 다시 돌며 입으로 중얼거렸다.

"학교에 무슨 잠이나 자러 오나. 운동만 하면 다냐."

순간 마음속으로 '최준영이 도움이 될 때도 있네.'라고 생각 들었다가, 이내 정신 차리고 잠시 '고마워했다.'라는 생각한 나 자신을 욕했다. 요즘 최준영은 UFC 선수를 꿈꾸고 있어 나를 못 괴롭히고 있다. 맨 처음에 그런 얘기를 엿들었을 때 '자기 적성을 잘 찾았구나.'라고 정신 나간 생각을 했다. 그렇게 그는 그 꿈으로 인해 야자도 안 하고 학교 마치자마자 바로 체육관으로 간다. 그렇게 그는 다음날 학교에 오면 잠자며 체력을 보충한다. 몇 선생님들은 자는 걸 보지 못해 포기하지 않고 깨운다. 결국, 최준영은 그 수업만 듣고 다시 잔다. 다른 선생님은 포기해버렸기 때문이다. 그가 이렇게 자기 멋대로 사는 건 집안 배경도 있는 것 같다. 엿들은 바로는 집이 잘 산다고 들었다. 그것은 그의 외적만 부분만 봐도 보인다. 티브이에서 최신으로 나왔다고 광고를 하며, 그는 학교에 입거나 가져온다. 한 마디로 그는 얼굴, 운동, 재력까지 있는 아이였다. 도대체 그 아이는 전생에 무슨 일을 하였기에, 이렇게 좋은 것만 다 타고났는지 최준영을 볼 때마다 이상하게 원망보다는 점점 부러움이 더 커졌다.

시간이 흐르고 야자시간이 왔다. 요즘 야자시간 때는 정민수도 나름 공부한다고 건드리거나 하지 않았다. 그때마다 나는 혼자 그림 그리며 나만의 상상에 빠지곤 했다. 야자 시간이 끝나고 평소와 똑같이 혼자 걸어가고 혼자 있는 집에 들어갔다. 이럴 때마다 딱히 학교나 집이나 다를 것 없었다고 느꼈다. 방에 들어가 방바닥에 이불 깔고 자려고 누웠다. 하지만 잠이 안 와 잡생각에 빠지곤 했다.

'어쩌다가 이 정도까지 왔지?'로 시작으로 머릿속에는 하나둘씩 궁금증이 생겨났다.

'내가 맨 처음에 구석에 안 앉았으면 되었지 않았을까?'

'내가 거짓말을 하지 않고 사실대로라도 말했으면 왕따는 안 당하지 않았을까?'

'내가 그냥 바보처럼 웃으며 상황을 좋게 넘어갈 수 있었지 않았을까?'

그 모든 대답에 또 하나였다.

'내가 했다.'

잘못 생각했을까 봐. 어떻게든 다시 생각해 봤지만, 돌고 돌아도 결론은 나였다.

시간은 어김없이 흘러 다시 학교에 갔다. 오늘도 정민수가 불만인 찬 얼굴로 나에게 다가왔다. 괴롭힘은 어김없이 시작됐고, 나는 오늘도 그러려니 했다. 그 순간 익숙한 듯 당연하게 받아들이는 나를 보고 소름이 돋았다. 그렇게 정민수는 장난감 다루듯이 나를 괴롭혔다. 나는 그 익숙함에 당하면서 주위를 둘러봤다. 반 아이들의 눈을 본 순간, 이때까지 반 아이들이 왜 방관했는지 이해가 가기도 했다.

"내가 내 몸을 방관하는데 누가 내 몸에 대해 끼어들 수가 있겠는가."

더구나 내가 이런 생각을 하는데 반 아이들도 생각했을 것 같다.

"괴롭힘당하는 게 좋나 보다."

그런데 요즘 괴롭힘을 멈추게 해주는 사람이 나타났다. 그 사람은 아이러니하게도 최준영이었다. 최준영이 요즘 한 번씩이지만 막아주면서, 나에 대한 괴롭힘은 사라졌다. 그가 막아주는 이유는 체육관에서 누군가를 괴롭히면 나오지 말라고 얘기했기 때문이다. 결국 자기 일 때문에 다른 사람이 나를 쉽게 괴롭히지 못하게 한 번씩 막는다. 만약 이것이 아니었다면, 나는 더 심하게 괴롭힘을 당하고 있었을지 모른다. 이 이유를 엿듣고는 그날 나는 하늘을 올려보며 말했다.

"그냥 이 아이 내가 졸업할 때까지라도 이 꿈 계속 이어나가게 해 주세요."

아이러니하게 나를 괴롭힌 사람의 꿈을 응원할 거라고는 생각도 못 했는데, 이 말이 자연스럽게 나왔다. 하지만 괴롭힘은 끝나지는 않았다. 정민수는 자신의 학업에 관한 스트레스를 나에게 아직 풀고 있었기 때문이다. 그는 오히려 최준영이 운동한다고 신경도 쓰지 않으니 더 편하게 괴롭혔다. 근데 문득 궁금했다.

'근데 도대체 이 아이는 왜 이 정도로 괴롭힐까?'

그와는 중학교 때 한 마디도 말을 안 섞어봤다. 내 생각이지만, 그는 옆에서 엿들은 것으로 나를 팔아 최준영과 친해졌다. 물론 그가 그럴 수 있게 내가 다 마련했지만 말이다. 계속 나에게 문제 찾으려고 해도 찾아지지는 않았다. 오히려 괴롭힘은 계속 이어 갔을 뿐이었다. 그나마 다행인건 최준영보다는 아프지 않았다. 그리고 그는 나를 괴롭히다가도 한 번씩 최준영을 쳐다봤다. 그 모습이 내 눈에는 아기가 엄마에게 칭찬받고 싶어하는 걸로 보였다.

요즘 들은 이야기로는 정민수가 최준영이 다니던 체육관을 같이 다닌다고 한다. 그것 때문인가. 주짓수 기술을 요즘 나에게 걸기 시작한다. 나는 그 기술에 걸리면 꽥꽥 소리 내며 괴로워한다. 그 소리에 지켜보고 있는 반 아이들은 나를 불쌍하게 보는 시선은 어느새 사라지고 한심스럽게 보는 시선이 많아졌다. 더불어 정민수와 나는 반 아이들에게 시끄럽다고 오히려 최준영보다 더 인상이 안 좋게 박혀버렸다.

"나야 그렇지만 왜 정민수는 이토록 나를 괴롭히면서 반 아이들에게 욕을 먹을까?"

'나를 괴롭히면 최준영과 더 친해질 수가 있나'라는 의문이 들기 시작했다. 그리고 잠깐이지만, 그에게 연민을 느꼈다. 반대로 최준영에게는 자꾸 알 수 없는 부러움과 동경이 생겼다.

"잠시나마 그처럼 잘나게 살아보고 싶어서일까?"

물론 나를 괴롭힘 당사자에게 부러움과 동경이라니 있을 수가 없는 일이었다. 하지만 자꾸 어느 순간부터 영혼이 뒤바뀌어 최준영이 나고 내가 최준영이었으면 하는 만화적인 상상을 종종 했지만, 결국 그건 만화

일 뿐이었다. 현실에 돌아가면 이 괴롭힘을 당한 것을 풀 곳이 필요했다. 하지만 아직 어리숙하여 어떻게 풀어야 할지 몰랐다.

집에 돌아와서도 최준영을 떠오르며, '닮고 싶다'라는 생각이 들었다. 그 생각이 자꾸 들 때쯤 자괴감에 빠져갔다.

"얼굴 때문인가?"

"발음 때문인가?"

"그때 정색하지 말고 웃으면서 넘겨야 했나?"

나는 어두운 방 안에서 당하는 이유를 합리화할 때마다 자존감은 떨어져 갔다. 그와 동시에 알 수 없는 화도 올라왔다.

반항하지 못한 무기력함 때문인가 아니면 왕따를 당하면서도 그들처럼 되고 싶다고 생각했던 나 자신에 대한 한심함 때문인가. 그렇게 알 수 없는 화는 어느 순간 나를 집어삼켰다. 그리고 나는 원인을 모르는 알 수 없는 화를 풀어야지만 살 수가 있었다.

고등학교 때는 대구에 있는 어느 5층짜리 빌라 1층에 살고 있었는데, 이 빌라는 옥상이 항상 열려 있어서 언제든 들락 나락 걸릴 수가 있었다. 그렇게 열려 있는 옥상에 많이 올라갔다. 옥상에 올라오면 풍경이 다 보여 꽉 막힌 마음이 뚫리는 느낌이었기 때문이다. 특히 대구에 축제가 있을 때는 무조건 올라갔다. 축제가 있을 때 옥상에 올라가 보면, 대구의 명소 83타워와 두류공원에서 하는 폭죽 소리와 즐기는 소리를 느낄 수가 있었다. 이날에도 축제가 있다고 학교에서 엿들어, 알 수 없는 화 풀러 옥상에 올라갔다. 그 소리 들으면 뭔가 나도 거기에 있다는 기분이 들었다. 내가 여기에서 기분만 느끼고 있는 건 사람 많은 곳은 별로 안 좋아해서이다. 또 거짓말하네. 라고 생각할 것이다. 맞다. 사실 같이 갈 친구가 없어 여기에서만이라도 기분을 느낀다.

그렇게 폭죽 소리가 끝나는 동시에 외로움이 밀려온다. 그때마다 나만의 합리화로 넘겼다.

'아.이제 나가려면 지옥이겠네'

그렇게 꽉 막힌 마음이 뚫리는 느낌이 들어야 했지만, 들지 않았다. 나는 갑갑한 마음을 뚫으려 조금 더 있었다. 그렇게 주위를 둘러보는데, 밑에서 사람 소리가 났다. 그 소리에 난간을 잡고 밑을 내려다봤다. 나와 또래들로 보이는 사람들이 얘기하며 지나갔다. 그 지나가는 사람을 한참 바라봤다. 나도 그들 사이에 끼고 싶었기 때문이다. 그렇게 지나가던 사람을 보고 있는데 나무 하나 없는 검게 칠한 아스팔트가 갑자기 나에게 말하는 듯한 느낌이 들었다.

"힘들면 여기로 와. 내가 놀아줄게. 네가 힘든 거 내가 가져갈게."

그 말이 들리는 것처럼 내 마음속은 평온함이 밀려왔다. 그러면서 내 손은 옥상 난간을 잡고 올라가려는 행동을 취했다. 다행인지. 그 순간 정신을 차렸는지 옥상 난간을 잡던 손을 놓았다. 손을 놓자마자 뒤로 기울어지며 녹색 바닥으로 넘겨졌다. 녹색 바닥에 누운 채 일어나지 않고 하늘을 쳐다봤다.

'내가 언제 하늘을 올려다봤지?'

방금까지 떨고 있던 심장과 몸은 하늘을 넋 놓고 보는 순간 진정되기 시작했다. 몸이 진정되는 걸 느끼고 일어나 바로 집으로 향했다. 여기에 있다가는 방금 했던 행동이 다시 시작될 것만 같았다. 그렇게 집으로 들어오고 화장실로 들어가 바로 씻었다. 언제부터인지 모르겠지만, 밖에 나갔다 들어오면 무조건 씻는 습관이 생겼다. 그렇게 샤워하고 나와 불도 안 켠 방 안으로 들어가 이불을 펴고 누웠다. 그리고 자려고 눈을 감았지만, 잠이 오지 않았다. 그 또래들 때문인지, 내일 학교에 가야 한다는 생각과 동시에 공포감이 왔기 때문이다. 그 공포감이 이불 속에 있던 나를 나오게 했다. 그렇게 나는 어두운 방 안에 홀로 앉아있었다. 그 순간 창문으로 가로수 불빛이 책상 위를 비추었다. 연필, 만화책, 소설책 등 그 외 잡다한 물건이 뒤엉켜 있었다. 그중에 커터칼이 내 눈에 들어왔다. 나는 그 빛나는 걸 잡으려고 몸을 일으켰다. 그것이 시작이었다. 손목에는 갑자기 통증이 올라오며 검붉은 피가 흘러내렸다.

"무슨 정신이었을까?"

정신 차렸을 때는 이미 왼쪽 손목을 그은 뒤였다. 나는 검붉은 피가 흘러내리는 왼쪽 손목 보며 생각했다. 불안감을 줄이기 위해 한 것인가, 아니면 아무것도 제대로 하지 않는 나에 대한 처벌일까.

일단 그래도 확실한 건 나는 아직 죽을 마음이 없다는 것이었다. 바로 왼쪽 손목을 지혈하기 위해 옆에 보이는 너부러진 교복을 들고 지혈하고 있으니 말이다. 하지만 교복은 금방 나에게 물들어갔다. 이런 상황이 처음이어서, 당황한 나머지 근처에 있는 아무런 천으로 감싸지만 그런 것들도 나에게 금방 물들어 갈 뿐이었다. 그래도 일단 옷으로 손목을 감고 구급상자를 찾으러 거실로 나갔다. 다행인 건 엄마가 없었다. 엄마는 음식 장사했기 때문에 항상 늦은 시간에 오거나 가게에서 자곤 했다. 지금 새벽 3시까지 안 온 걸 보면, 가게에서 자려는 것 같다. '다행이다.'라는 안도감도 잠시 전봇대 형광등 불빛에 의지에 구급상자를 꺼냈다. 그 불빛은 아주 유용했다. 어느 정도 지혈하기 위한 상황이 뇌었기 때문이다. 그렇게 지혈하는 도중 헛웃음이 나왔다. 죽고 싶다고 그렇게 생각했는데. 막상 이렇게 되니 어떻게든 살려고 발버둥을 치는 내 모습을 보니 어이가 없었기 때문이다.

한동안 지혈하다 전봇대의 불빛이 따스하다고 느낀 탓인가. 나는 거실 한가운데에 뻗어버렸다. 얼마 동안 누워있었나. 등골이 오싹해지면서, 자동으로 일어났다. 나는 바로 시간을 확인했다. 시간은 오전 07시 50분을 향해 가고 있었다. 나는 시간을 확인하고 놀라 서둘러 씻으러 갔다. 서둘러 씻고 있는데, 뭔가 이상하다는 느낌을 받았다. 나는 양치하며 거실로 나와 달력을 봤다. 둘째 주 토요일, 즉 주말을 가리키고 있었다. 나는 순간 평일인 줄 알고 학교 갈 준비를 했다. 하지만 주말인 걸 안 순간 입에 물고 있던 칫솔을 힘없이 내려놓고 화장실로 갔다. 그런데 문제는 이상하게 찜찜함은 사라지지 않았다. 결국 그 찜찜함에 못 이겨 입을 헹구고 다시 달력을 봤다. 그 순간 털들이 삐쭉삐쭉 튀어나왔다.

우리 학교는 격주로 토요일을 쉰다. 쉬는 날은 첫째 주와 셋째 주, 가는 날은 둘째 주와 넷째 주이다. 그런데 이 날은 둘째 주 토요일, 즉 학교를 가야 하는 날이다. 이걸 안 뒤 나는 서둘러 방으로 들어가 교복을 드는 순간 멈췄다. 그리고 들고 있던 교복을 다시 내려놓았다. 교복에는 내가 어제 무슨 짓을 했는지, 고스란히 알려줬기 때문이다. 그렇게 아무것도 못 하고 서 있다가 방바닥에 쓸모가 없었던 휴대전화가 울리고 있었다.

이때까지 나에게 휴대전화는 시계용 말고는 사용해 본 적이 없다. 전화를 걸어줄 사람도 내가 전화할 사람도 없었으니깐 말이다. 그런 나에게 엄마는 무작정 휴대전화를 사주셨다.

- 아들. 아들은 휴대전화 필요 없어?

- 응. 딱히 쓸데도 없어.

- 아니. 그래도 밖을 보니 아이들은 다 들고 다니던 데. 휴대전화 사줄 수 있어.

- 필요 없다니깐.

한사코 필요 없다고 중학교 내내 얘기했다. 하지만 엄마는 다른 사람도 다 가지고 다니는 휴대전화를 자기 아들에게 없는 모습이 싫었는지, 고등학교 입학하자마자 휴대전화를 사주셨다. 그렇게 나는 휴대전화가 생겼지만, 내 연락처에는 엄마 한 명뿐이었다. 그랬던 나의 휴대전화가 제 역할이 뭔지 말하듯 쉴 새 없이 울리고 있다. 처음으로 제 역할하고 있는 휴대전화를 들고 알 수 없는 번호가 누구인지 생각했다. 그리고 이내 육감으로 알 듯 했다. '이거는 학교에서 온 전화다.' 이 생각을 한 동시에 나는 이 전화를 받을 수 없다는 걸 알았다. 처음으로 다른 사람에게 온 전화를 받지 않았다. 그러면서 처음으로 학교에 가지 않았다. 학교에 안 가면 무섭거나 떨릴 줄 알았다. 하지만 막상 이렇게 닥치니 별게 아니었다. 그런데 딱 한 가지 아쉬운 건 있었다.

"개근상"

고등학교 때 개근상이라고 받고 싶었다. 초등학교, 중학교 때는 병원에 간다고 개근상을 못 받았기 때문이다. 결국 초, 중, 고 아무런 상 없이 졸업한다고 생각하니 힘이 살짝 빠졌다. 그 순간 마음의 안정이 되니 내 몸 상태가 느껴졌다. 그러면서 대충 거즈로 둘둘 말린 왼쪽 손목을 바라봤다.

"아 맞다. 나 어제 손목 그었구나."

나는 둘둘 말린 거즈를 풀고 바라봤다. 내가 그은 선은 부풀어 올라 딱지들이 덕지덕지 붙어 있었다. 일단 나는 손목을 감싸고 있는 불필요한 것들을 화장실로 가 물로 씻어냈다. 주위에 있던 딱지, 이불질이 떨어지면서, 어제 아픔이 밀려왔다. 애써 어제의 아픔을 뒤로 하고 세면대를 봤다. 세면대는 어제의 상처가 곳곳에 묻혀있었다. 나는 어제의 상처를 씻으러 샤워기를 들어 보내버렸다. 씻어 보내고 거울을 봤다. 그 순간 내가 범죄자가 된 것 같았다.

나는 화장실에 샤워하고 난 뒤 한 번 더 피가 안 묻어 있나 확인하고 나왔다. 하지만 거기서 끝이 아니었다. 아까 전까지는 학교에 정신이 팔려 거실이 눈에 안 들어왔다. 이제 정신 차리고 보니 범죄 현장처럼 거실은 너부러져 있었다. 일단 서둘러 범죄자처럼 거실을 치웠다. 피 묻은 천과 교복을 이용해 바닥에 떨어진 피를 닦으며 계속 현관문을 한 번씩 쳐다봤다. 엄마가 갑자기 들어올 것 같은 느낌이 들어서다. 그렇게 서둘러 피 묻은 수건, 교복 셔츠를 물로 헹군 뒤 밖에 나가 의류수거함에 쑤셔 넣었다. 막상 쑤셔 넣고 나니 범죄자처럼 '누군가가 옷에 묻은 피를 검사하지 않을까.'하는 걱정에 휩싸였지만, 되돌릴 수는 없었다.

집으로 돌아오고 어느 정도 수습된 집을 보니 마음이 놓였다. 그다음에 또 화장실로 들어가 씻었다. 다시 씻고 나와 허기 달래러 혼자 밥을 먹었다. 그렇게 주말 동안 엄마는 가게에 있었고 나는 집에 있었다.

주말은 금방 흘러가 평일이 되었다. 나는 이제 한 벌뿐인 셔츠 입고 등교를 준비했다. 마지막으로 셔츠의 소매를 잠그는 순간 손목에 나 있는 상처가 눈에 띄었다. 상처가 어떻게든 안 보이게 셔츠 소매 두 번째 단추로 꽉 쪼여 맸다. 혹시나 손목이 보일까. 긴장한 상태로 등교하니 어김없이 정민수가 나타났다. 좋아해야 하는지 잘 모르겠지만, 유일하게 나에게 '주말에 왜 안 왔냐고?' 물어보는 사람이었다. 그 말도 잠시 그는 나에게 주짓수를 선보였다. 나는 괴로워 몸부림을 치다가 그만 왼쪽 손목 단추가 떨어졌다. 하지만 단추가 떨어진 줄 모르고 계속 몸부림을 쳤다. 그러다가 갑자기 그가 하던 행동을 멈추었다. 그러면서 이제야 나는 단추가 떨어진 걸 알고, 서둘러 손목 소매를 감췄다. 하지만 때는 늦었다. 그가 이미 보았기 때문이다. 그렇게 우리는 서로 아무런 말 못 하고 있을 때 교실 문이 열렸다. 아장아장 걸으며 담임선생님이 등장했다. 어김없이 까랑까랑한 목소리와 무표정한 얼굴로 얘기했다.

- 거기 자리에 앉아.

우리 둘은 서로 눈싸움하며 자리에 각자 앉았다. 한 명은 두려움에 가득했고, 한 명은 호기심이 가득했다. 그리고 수업을 마치자마자 정민수는 나에게 다가왔다. 그는 바로 내 왼쪽 팔을 보려고 힘을 썼다. 나는 그 힘을 뿌리치려고 발악했다. 그러더니 정민수가 힘으로 안 되었는지 목소리를 쥐어짜면서 얘기했다.

- 뭐야, 왜 안 보여주려고 하는데?

- 그건 내 마음이지.

서로 각자 원하는 걸 가지기 위해 안간힘 썼다. 그 아이는 확인하기 위해. 나는 어떻게든 안 보여주기 위해. 나는 이게 공개되면 또 어떤 이야기들이 오갈지 두려움이 컸다. 사실 내가 폭력보다 더 힘들었던 건 주변 눈들과 그들의 말들이었다. 그러면서 서서히 사람이 무서워지기 시작했다. 그런 생각하는 순간 갑자기 정민수가 소리를 쳤다.

- 얘들아. 야 지금 손목에 있는 상처 봤나?

그 목소리에 반 아이들은 일제히 우리를 다 쳐다보았다. 그러더니 반 아이들이 수군거리는 소리가 들려왔다. 나는 그 소리가 이렇게 들리는 듯했다.

"내가 그럴 줄 알았어."

"미친놈이네."

"관심받고 싶어서 그러는 거 아니야?"

"별별 미친놈이 다 있네."

"왜 하필 우리 반이야."

그런 수군거리는 소리가 들려오는 듯했다. 더불어 최준영도 언제 일어났는지 고개를 들어 관심을 보이기 시작했다. 하지만 이미 나는 반 아이들의 수군거림에 패닉이 왔다. 그러면서 처음으로 누군가에게 힘을 썼다. 정민수는 뒤로 넘어지면서 내 왼쪽 소매를 잡으며 떨어졌다.

'우드득'

그 소리로 왼쪽 소매에 마지막 하나 남았던 단추도 떨어져 나갔다. 하지만 나는 흥분한 나머지 손목 소매 단추가 떨어진 줄 몰랐다.

– 그만 하라고!

나는 처음으로 다른 사람에게 소리쳤다. 어디에서 이런 모습이 나왔는지 모르겠지만. 태어나서 엄마가 아니고 다른 사람에게 화를 낸 적은 처음이었다. 아니 정확히 내 의사 표현을 한 적이 처음이었다. 그런 내 모습이 낯설어 보여 잠시 얼떨떨해했다. 내 주위에 있던 사람도 당황했는지, 적막이 흐르기 시작했다. 그 적막으로 나는 고개 돌려 주위를 둘러봤다. 다들 뭔가 재미있는 상황들이 펼쳐질 것 같은 기대에 가득 찬 눈으로 우리 둘을 쳐다보았다. 거기에는 최준영도 있었다. 최준영은 웃음이 가득 찬 얼굴로 나를 쳐다보면 얘기했다.

– 말 제대로 할 줄 알잖아.

뒤이어 누워있던 정민수에게도 말했다.

- 뭐고, 야한테 안 되나?

최준영은 그렇게 불을 질러놓고 웃기 시작했다. 그 웃음은 전염되듯 반 전체로 퍼져 나갔다. 그 웃음소리와 최준영의 말을 듣고는 누워있던 정민수가 일어났다. 그는 분명 조금 전에 넘어지면서 의자랑 같이 부딪쳐 아파하고 있었지만, 반 친구들과 최준영이 다 쳐다보고 있다는 걸 알았기에 아무렇지 않게 일어나 나에게 소리쳤다.

- 씨발. 손목 그으니깐 보이는 게 없지.

그러나 정민수의 목소리는 나에게 닿지 않았다. 나는 지금 너무 많은 사람이 쳐다보고 있다는 느낌과 수군거리는 소리에 공황에 빠진 듯 정신이 없었기 때문이다. 지금 그냥 빨리 도망가고 싶다는 마음뿐이었다. 그 생각과 동시에 몸이 반응했다. 도망가려 교실 밖으로 나가는 순간 최준영이 내민 발에 걸려 넘어지고 말았다. 그러더니 정민수가 뒤따라와 나를 밟기 시작했다. 나는 그로기 상태인 것처럼 맞고만 있었다. 그 순간 그는 때리는 것 멈추고 내 왼쪽 손목 소매를 걷고 번쩍 들었다. 순식간에 전시회 관람하듯 반 아이들은 내 주위를 둘러쌓는다. 그들은 관람객처럼 내 손목을 보고 얼굴을 찌푸리며 품별하기 시작했다.

그렇게 한바탕 소동이 지나갔다. 어느 순간 내 손목은 반 아이들에게 이야깃거리가 되어 있었다. 그러면서 점점 내 인식도 변해가고 있었다. 빵셔틀, 왕따, 찌질한 애. 등 더럽고 찌질한 캐릭터였다. 그런데 손목 그은 순간부터 자해하는 관종으로 변했다. 그리고 그렇게 만든 정민수는 태연하게 나에게 와 별명을 부리기 시작했다.

- 관종, 오늘은 안 그러냐?

마지막 자존심 때문인지. 그의 말을 애써 무시했다. 하지만 바로 후회했다. 내 몸은 한 번 맞은 경험으로 인해 움츠러들었기 때문이다. 한껏 몸에 힘주고 움츠렸는데, 그는 아무런 짓도 하지 않고 자리를 벗어났다. 그 뒤부터 그렇게 나에게 말을 걸거나, 괴롭히는 사람이 없어졌다. 최준영도 나를 보면 무시하거나, 한 번씩 비웃으며 지나갈 뿐이었다. 나는 그 이유를 알지 못한 채 지내다 며칠 뒤 화장실에서 알게 되었다. 점심시간에 평상시와 똑같이 혼자 밥을 먹고 나왔다. 당시 우리 학교는 식당에 나오자마자 매점이 바로 앞에 있다. 나는 자연스럽게 나오자마자 매점을 봤다. 하지만 항상 나에게 매점은 지나치는 곳이었거나, 누군가를 위해 사 오는 곳이었다. 그런데 괴롭힘이 사라진 탓일까. 눈앞에 보이는 매점을 지나치기 싫었다. 그냥 뭔가 먹고 싶어졌다. 나는 주위 눈치 보면서 매점에 가 빵을 샀다. 그리고 냅다 뛰기 시작했다. 그렇게 뛰다가 몇 층인지도 모르는 화장실로 들어갔다. 다행히 아무도 없어 구석자리에 들어가 빵 봉지를 조용히 뜯고 먹기 시작했다. 몇 번 씹고 있는데 사람이 들어왔다. 나는 바로 하던 행동을 멈추고 빨리 그들이 가기만을 바랐다. 그런 바람으로 기다리는데 그들의 수군거림을 나에게 들려왔다.

- 야 봤냐. 8반에 왕따?

- 아니 왜?

- 그 반 왕따가 갑자기 제 손목을 그은 거 올리면서 자랑했데.

- 뭐? 진짜? 미친놈인가?

- 미친놈이지. 그래서 원래 괴롭힌 애들 있잖아. 뭔 짓 당할 것 같아 가지고 안 건들린데.

- 그러면 혼자 계속 지내나?

- 그래야지 씨발. 제 손목을 긋고 자랑하는데, 나중에 괴롭히다가 칼 들고 난동 피우면 어떡해.

- 씨발. 나 누군지 가리켜도. 조심히 지나가야지.

- 그래. 가르쳐 줄게. 대신에 너무 빤히 쳐다보지 말래. 그러다가 칼로 그어진 데.

- 알겠다. 멀리서 누군지만 말해도.

그들은 이 말끝으로 나갔다. 이로써 궁금증이 풀렸다. 이때까지 왜 관종이라고 불리는지, 왜 괴롭힘이 없어졌는지. 그리고 내가 복도를 지나갈 때마다 신기한 동물을 보는 이유를 알았다. 그렇게 의문이 풀렸다. 나는 손에 들고 있던 빵과 함께 손목 소매가 뜯겨 나간 왼쪽 손목을 보았다. 그 상처를 보며 남은 빵을 다 먹고 나왔다. 그리고 최대한 빨리 반으로 들어가려고 빠른 걸음 하며 들어갔다. 그 얘기를 들어서인가. 평소에 느꼈던 것보다 더욱더 따가운 시선과 그들의 수군거림이 들려왔다. 물론 자기네들끼리 하는 이야기 수도 있지만, 이미 신경은 온통 나로 맞추고 있었다. 나는 그 수군거림과 시선을 보내는 그들에게 해명하고 싶었지만, 나를 더 미친놈으로 오해받을까 두려워 '내 얘기가 아닐 거야'라고 되뇌며 들어갔다. 그리고 솔직히 누구에게 말해야 하는지도 몰랐다. 그들은 이미 소문을 믿고 있는 상태였고, 내가 사실을 말한다 해도 믿을지도 확신이 안 섰다. 더구나 그들은 나의 말을 들어줄 준비가 되어 있는지도 모르겠다. 그리고 또 이렇게 된 이유를 나에게 찾았다.

내가 학교 성적만 좋았어도 이렇게까지 취급을 당했을까. 나는 공부를 잘하는 것도 아니고 그렇다고 못 하는 것도 아닌 애매한 성적을 지니고 있었다. 만약 내가 공부 잘하는 사람이었다면, 조금은 좋아졌겠지. 내가 공부도 못하는 열등생이었기 때문에. 나를 더욱더 쉽게 긴드릴 수가 있게 내가 만들었다. 이런 생각은 나를 늪으로 들어가게 했다. 그렇게 나는 합리화하며 이유를 찾으려고 했다.

얼마나 빨리 걸었나. 금방 반에 도착해 내 자리에 앉아 만화책을 폈다. 유일하게 만화책만이 나를 위로해줬기 때문이다. 한참 만화책에 빠져있는데, 뒤쪽에서 시끄러운 소리가 나와 잠시 뒤를 돌아봤다. 그랬더니 어떤 아이가 입고 있던 파카가 칼로 찢긴 듯 안에 있던 털 들이 날리고 있는 걸 보았다. 그 털들은 어디로 가는지. 어떻게 떨어지는지. 알 수 없게 날리고 있었다. 그 날리는 털들을 보고 있던 반 아이들은 웃고 있거나, 인상을 찌푸리거나, 다양한 표정들로 날리는 털들을 보고 있었다. 나는 생각했다.

"그 털들을 다 주워 담을 수가 있을까?"

0. 가랑비

 이때부터 이제 등교하면 평화로운 학교생활이 시작되었다. 반에 들어가면 아무도 나에게 말을 걸지 않는다. 나는 이제 이 상황도 익숙해진 듯 조용히 만화책을 보거나, 공책에 낙서하면서 시간을 보내고 있었다. 그런데 너무 아무런 일이 안 일어나니, 나도 모르게 불안한 느낌도 같이 느끼고 있었다. 그 느낌은 얼마 가지 않아 적중했다.

 - 주창용. 교무실로 따라와.

 담임선생님은 수업 마치고 나에게 처음으로 말을 걸었다. 나는 순간 어안이 벙벙한 채로 담임선생님을 쳐다만 보고 있었다. 그랬더니 담임선생님은 다시 나에게 말했다.

 - 뭐해. 따라와.

 - 아. 네.

 나는 얼떨결에 대답했고, 물고기가 엄마의 뒤꽁무니를 따라가는 것처럼 담임선생님을 따라갔다. 나는 따라가면서 순간 주위를 살펴봤다. 딱 두 명만이 나를 뚫어지게 쳐다보고 있었다.

 "최준영, 정민수."

 초등학교, 중학교 때에도 교무실에 들어갈 일이 몇 번밖에 없다. 들어간다고 하더라도 거의 선생님의 심부름이거나 청소뿐이었다. 하지만 이번 경우는 뭔가 느낌이 달랐다. 담임선생님은 뭔가 모르게 무거운 분위기를 잡으며 교무실로 들어갔기 때문이다. 담임선생님은 자리에 앉자마자 나에게 물었다.

- 너 손목에 그었다는 게 맞는 거니?

그 소리는 다른 선생님과 몇몇 학생들을 일제히 나를 쳐다보게 했다. 그 순간 따가운 시선이 느껴져 무섭고 두려워 아무런 말도 못 하고 그은 손목을 붙잡았다. 그러자 담임선생님은 내가 붙잡은 손목을 보고 다시 말했다.

- 그 손목이냐?

담임선생님은 주변을 신경 안 쓰는지 평소 목소리로 얘기하고 있었다. 나는 그 목소리를 줄여달라고 얘기하고 싶었지만, 입 밖에는 다른 단어 밖에 나오지 않았다.

- 네.

- 목소리가 왜 이렇게 작아? 너도 쪽팔리지. 자기가 잘못한 걸 알고 있는 애가 반에서 손목을 그었다고 자랑해?

- 네?

당황한 목소리로 담임선생님을 쳐다보았다.

'그게 무슨 소리이지?'

'내가 자랑을 했다니?'

'선생님이 이런 말을 바로 믿는다고?'

선생님은 내 표정이 어이가 없었는지 목소리 톤이 더욱 카랑카랑해지셨다.

- 뭘 그렇게 모른다고 얘기해. 지금 다 소문 퍼졌어. 부모님이 오시기 전에 물어보려고 부른 거야. 왜 했니? 어린 나이에 뭐 사는 게 힘드니?

나는 이렇게 말하고 싶었다.

'지금 선생님이 말한 것처럼 소문이라고요. 선생님이라는 사람이 그 소

문을 사실 확인도 안 한 채 믿는다고요?'

그런데 갑자기 말하기 싫어졌다. 나를 믿지 않는 사람에게 말을 한다는 자체가 나 자신에게 더 상처를 받을 듯 했다. 그렇게 나를 보호했다.

- 그냥 했는데요.

- 뭐라고?

담임선생님은 내 대답에 당황했는지 되물어 봤다. 나는 다시 똑같이 대답했다.

- 그냥 했다고요.

'내가 왜 이렇게 말을 했을까?'

말하면서 잘못되었다는 걸 느꼈지만, 되돌아가는 건 늦었다. 담임선생님은 내 말에 화가 났는지 목소리가 커졌다. 더불어 비속어도 튀어나오기 시작했다. 한참 비속어를 쏟아내다가 조금 분이 풀렸는지. 원래 부른 목적이 나왔다.

- 부모님 내일까지 데려와.

- 네.

나는 무표정으로 일어나 고개를 90도로 인사드리고 교무실에 빠져나갔다. 그 순간 어른들이 나에게 쏟아지는 눈초리와 수군거리는 소리가 느껴졌다. 몇몇 어른들은 아예 대놓고 비꼬는 말도 하기도 했다.

"요즘 어린 것들은 개념이라곤 없어."

"미친놈."

"왜 저런 애가 우리 학교에 있는 거야."

나는 그들을 보며 반 아이들과 다를 것이 없다고 생각하며 교무실 밖으로 나왔다. 결국 그렇게 내가 기억하는 상황과 지금 퍼지고 있는 상황은 전혀 달랐다. 하지만 그들은 전혀 사실에 대한 건 중요하게 생각하고 있지 않은 것 같았다. 이 소문을 안 뒤 누군가가 한 번이라도 나에게 물어봐 주었으면 했다. 하지만 아무도 없었다.

'내가 그들에게 가치가 없다고 그렇게까지 쓰레기 취급하다니. 나도 학생인데…'

이렇게 이제 소문은 모든 선생님 귀까지 들어가 모르는 사람이 없는 스타였다. 하지만 나는 학교에서 스타가 된 것보다 '어떻게 엄마에게 전달해야 할까?'라는 걱정거리를 안고 있었다. 걱정하며 교실로 돌아갔다. 교실에 들어가자마자 정민수가 내 앞을 막으며 말을 걸었다.

- 무슨 얘기를 했어?

나는 다정하게 얘기하는 정민수를 위, 아래로 훑어봤다. 그리고는 헛웃음을 지어버렸다. 그가 왜 왔는지 알았기 때문이다. 그는 내가 웃고 있는 모습 보고 화가 났는지 말했다.

- 지금 상황이 이러니깐 내가 지금 만만하게 보이냐?

- 아니. 그냥 뭔가 내 모습이 보인 것 같아서.

- 진짜 미친 거 맞네.

그는 내가 혹시나 자기 얘기를 했을까 봐, 두려움에 떨고 있었다. 그렇게 둘이서 얘기하고 있는데, 누군가가 정민수의 뒤통수를 때리면서, 나에게 얼굴을 들이대면 물었다.

- 담임선생님한테 내 얘기했나?

정민수를 때리고 나에게 얼굴을 들이민 사람은 최준영이었다. 그의 표정을 보니 그도 불안했나 보다. 혹시나 자기가 가는 길에 내가 걸림돌이 될 수도 있다는 불안감에 사로잡혀 나를 어떻게 하지 못하고 얘기하고 있었다. 나는 지금 이런 상황이 어이가 없었다. 그리고 나도 모르게 두 사람 앞에서 웃음이 튀어나왔다. 그러자 그 둘은 서로 눈 맞춤 뒤 황당한 표정으로 나를 쳐다봤다. 반 아이들도 내 웃음소리에 하던 행동을 멈추고 쳐다봤다. 나는 그들의 시선을 즐기는 듯 대답했다.

- 너희 얘기 안 했어.

그 말을 하고 그 둘 사이에 뚫고 지나갔다. 그 둘은 멍하게 나를 바라보고 길을 열어주었다. 이 일이 있고 난 뒤 이제 정말 외톨이가 되었다. 외톨이가 된 채 학교 마치고 엄마 가게로 갔다. 들어가니 엄마는 일하고 있었다. 고등학교 입학한 이후 엄마 일을 같이한 적이 없었다. 이 생각에 일을 돕고 손님이 다 빠지고 난 뒤, 여기 온 이유를 얘기했다.

- 엄마. 학교에서 엄마 데리고 오래.

- 뭐? 왜? 뭐 사고 쳤어?

나는 손목을 걷고 상처를 보여주며 얘기했다.

- 손목 그었어. 미안해. 정말.

엄마는 놀랐는지 한동안 말이 없다가 내 손목을 잡고 울분을 쏟아냈다.

- 괜찮아? 왜 말을 안 했어? 내가 너 때문에 이렇게까지 돈을 벌고 있는데 뭐가 힘들다고? 어? 왜 이렇게 엄마를 힘들게 하니. 엄마도 힘든데 살고 있잖아. 왜?

- 미안해. 정말….

엄마가 수많은 질문을 던졌지만 내가 할 수 있는 말은 미안하다는 사과밖에 없었다. 엄마의 질문에 그들이 떠올랐지만, 그들에 대해선 말을 할 수가 없었다. 혹시나 엄마에게도 피해가 갈까 무서웠기 때문이다. 한참동안 울분을 토하는 엄마는 이내 진정이 되었는지 내 왼쪽 손목에 약을 바르고 붕대를 감아주었다. 그렇게 우리의 기나긴 밤이 흘러갔다.

다음 날 되고 아침 일찍부터 엄마와 같이 교무실로 들어갔다. 엄마는 담임선생님을 보자마자 고개 숙이며 사과했다.

- 정말 죄송합니다. 제가 일이 너무 바빠 제대로 보살펴 주지 못했습니다. 다 제 잘못입니다. 일을 크게만 키우지 말아 주세요. 부탁드립니다.

담임선생님은 엄마의 숙인 어깨를 잡으며 일으켜 세우시고는 의자에 앉도록 했다. 나도 눈치 보다 뒤따라 그들의 사이에 앉았다.

- 저희도 내부로 조용히 끝낼 것입니다. 하지만 주창용 학생이 정신이 조금 불안정하다고 판정이 돼서 정신과 치료를 한 번 받아보는 게 좋을 것 같습니다.

- 네? 하지만 그건 기록부에 남지 않을까요?

- 제가 어떻게든 기록부에는 안 남기도록 하겠습니다. 그 대신 정신과 치료를 무조건 받게 하자는 게 우리 학교의 입장입니다.

- 네. 그러면 알겠습니다.

그렇게 나는 아무런 말도 못 하고 끝이 났다. 당사자가 아무런 말 없이 흘러가는 이 상황이 어이가 없었다. 더군다나 담임선생님은 나를 엄마에게 문제아로 얘기하는 게 보여 해명하고 싶어 입을 떼려고 했다. 그 순간 엄마는 내 허벅지를 힘껏 누르셨다. 아픔이 느껴져 엄마를 쳐다보는 순간 매서운 눈빛으로 "가만히 있어!"라고 말하는 것 같았다. 그 눈빛의 뒤로 내 의견 없이 마무리되었다. 소문과 지금 이 상황을 보며 느꼈다.

'이제 사실을 궁금한 사람은 나밖에 없구나. 그들은 관심도 없고, 이 상황을 빨리 끝내고 싶은 거구나.'

주말이 되고 나는 정신과 치료를 받으러 병원에 갔다. 정신과 병원에 들어가는 순간까지 거부감이 들어 주위를 한참 보다 들어갔다. 들어가니 다른 병원과는 달랐다. 들어가자마자 먼저 반겨주는 것은 음악이었다. 나는 음악을 들으며 나눠진 대기실에 앉았다. 나는 대기실에 앉아 있다가 간호사님의 안내에 따라 정신과 선생님 앞에 앉았다. 동그란 안경에 눈은 뭔가 매서워 보였지만 얼굴형이 동글해 전체적으로 보면 귀여운 인상이었다. 나는 정신과 선생님의 대각선 방향으로 의자에 앉아 얘기가 시작됐다.

- 여기 혼자 왔어요?

- 네. 엄마가 가게 일 때문에 바빠서 혼자 왔어요.

- 뭐 타고 왔는데요?

- 그냥 버스 타고 한 번에 내리니 바로 금방이던데요.

정신과 선생님은 일상 대화를 하며 나에게 긴장을 풀어주려는 듯했다. 그게 나에게 효과가 있었다. 오랜만에 사람과 얘기하니 긴장이 풀려졌다. 한동안 얘기하다가 정신과 선생님은 본래의 이야기로 들어갔다.

- 손목은 괜찮아요? 어쩌다가 그렇게 된 건가요? 편하게 말해 봐요.

정신과 선생님은 자연스럽게 내 상처에 대해 물으셨다. 나는 이 기회에 사실을 말하고 싶었다. 그래야지 분이 풀릴 듯 했다.

- 괴롭힘 당하다가 푸는 방법을 찾다가 했어요.

나는 "힘들었구나."라고 위로해주는 그 한마디를 듣고 싶을 뿐이었지만, 그건 여기서도 어려웠다.

- 그게 다예요? 뭔가 더 있을 거예요. 다시 생각해봐요.

- 네? 방금 말씀드렸잖아요. 전 가만히 있었고 정민수와 최준영이 나를

괴롭혔어요. 그래서 푸는 방법을 찾다가 잘못된 거지만, 그때는 이거밖에 없어서 선택한 거예요.

  - 정말 그거뿐인가요? 다른 건 없나요? 외모, 구순열. 발음 그런 건 아예 없나요?

  - 네? 갑자기 그게 왜 튀어나오는 거예요? 도대체 저에게 듣고 싶은 대답은 뭐예요? 지금 제가 외적인 것만 탓해 이 상황까지 온 거라고 하는 건가요?

  정신과 선생님은 자꾸 내 외적인 것으로 돌리고 있는 모습 보고 불화가 치밀었다.

  - 하……. 지금 모든 걸 부정하고 계세요. 자기 자신을 말이에요.

  하지만 그 불화는 정신과 선생님의 내뱉는 한숨 소리에 사라졌다.

  - 아니에요. 제대로 저에 대해 생각을 해보겠습니다. 죄송합니다.

  그렇게 나는 모든 것을 정신과 선생님의 말씀에 맞추어가며 기나긴 대화는 끝이 났다.

  - 그래요. 한 번 문제를 생각해보세요. 그리고 힘드시면 꼭 주변에 도움을 청하시고 다양하게 푸는 방법을 찾아봐요. 운동부터 해봐요.

  - 네. 알겠습니다.

  이 대화의 끝으로 병원을 나오면서 한 가지 생각했다.

  '이 의사 선생님도 쉽게 버는구나.'

  "그래도 생각해보면 얻은 게 있었다. 거기에서 치료 목적으로 그림도 배웠는데, 이게 내 인생을 바꾸어놓았다. 화가라는 꿈을 만들게 해줬기 때문이다. 물론 다른 것도 알려주었다. 학교 밖에서도 여러가지 신분이 존재한다는 걸 알았다. 그리고 나는 학교 밖에서도 노예였다.

'돈.'

입시 미술을 시작하려면 돈이 많이 든다는 걸 알았다. 그걸 엄마 혼자 감당하기에는 힘이 들어, 결국 내가 생각한 것은 배달 일이었다. 만 16세가 되자마자 몇 번의 시험 끝에 원동기 면허증을 땄다. 이렇게까지 한 이유는 이걸 하지 않는다면, 앞으로 살 수가 없을 것 같았다. 이게 나에게는 마지막 끈이었다. 고등학교 3년 때 입시 미술 학원비를 모으려 악착같이 살아왔다. 고등학교 3년이되 입시 미술학원에 들어가서도, 배달 일은 멈추지 않았다. 내가 생각한 돈보다 더 들었기 때문이다. 하지만 힘들지 않았다. 누군가가 시켜서 하는 일이 아니라 처음으로 내가 하고 싶어 하는 일이었기 때문이다. 그리고 밖에서 많은 배움도 얻었다. 나의 모자란 사회생활과 눈치를 키워줬으며, 미래에 대한 생각도 알려줬다. 처음 입시 미술에 다닐 때 물감이 아까워 아껴 쓰고 있었다. 그런데 어느 순간 물감을 쓰려고 봤더니 굳어서 못 쓰게 되어버린 것이다. 결국 그 물감을 한꺼번에 버리고 한참 동안 쓰레기통 안을 들려다 봤다. 빨간 물감은 짬뽕, 검은색은 짜장면, 갈색은 치킨 등 내가 이걸 사기 위해 못 먹은 음식이 눈앞에 스쳐 지나갔다. 이 사건 계기로 못 먹은 음식을 생각하며 재료는 아낌없이 썼다. 그 정신을 누군가가 좋게 봐주셨던 걸까. 대구에 한 대학교 미술학부에 들어가게 되었다. 그 순간 내 꿈이 실현되는 줄 알았다. 하지만 다시 시작이었다. 남들이 다하는 캠퍼스의 로망 따위는 나에게 사치였다. 어차피 낯가림도 심하고 안면기형으로 인해 먼저 다가오는 사람은 없었다. 단 한 사람 박유정만 빼고, 말이다. 그렇게 돈은 나에게 있어 항상 서 있을 위치를 가르쳐줬다. 이상을 꾸는 게 아니라 바로

101

앞 현실이나 먼저 보라고. 나는 가르쳐주는 대로 결국 바로 앞 현실을 보고 살아왔다. 엄마도 돈이라는 현실 앞에 누군가의 비위를 맞추면 일하고 있었다."

그때는 그렇게 실망한 채, 병원에 나오니 겨울이 찾아왔다고 알리는지 어느덧 해는 일찍 저물고 어두워지고 있었다. 어두워지는 거리를 걸어가며 둘러봤다. 주위는 밝았고 즐거워 보였지만, 어느 한구석도 내가 낄 자리가 없다는 사실에 급격하게 우울해져 갔다. 그런 내가 들어갈 수 있는 자리는 엄마 가게밖에 없었다. 하지만 제일 들어가기 싫은데 이기도 했다. 내가 기댈 수 있는 내가 기댈 사람이 있는 동시에 가장 보기 싫은 모습도 거기에 있었기 때문이다. 싫다는 마음이 있는데도 이상하게 내 몸은 엄마 가게로 향하고 있었다. 엄마 가게는 사람을 최대 15명 내지 받을 수 있는 작은 가게였지만, 단골들이 많았다. 나는 그 단골들이 너무 싫었다. 그 사람들이 내가 가장 사랑하는 사람에게 보기 싫어지게 해주었기 때문이다. 그리고 이날 따라 엄마 가게에는 사람들이 북적였다. 엄마는 정신없는 듯 손님을 받고 있는 느낌이 문 너머로 느껴졌다. 그 느낌에 조용히 들어가면 엄마가 나를 온 걸 모를까 봐. 일부로 문 여는 소리를 크게 하고 크게 닫았다. 문이 닫히면서 위에 달린 종이 내가 오는 것을 알렸다.

"딸랑딸랑"

- 안녕하세요. 어서 오세요.

엄마는 나를 보지도 않고 습관적으로 인사했다. 나는 그 인사에 집으로 돌아가고 싶었지만 이미 들어와 버렸다. 그리고 엄마의 힘든 모습을 봐

버렸다. 엄마는 나를 본 순간, 편안한 한숨을 한 번 쉬고는 얘기했다.

- 갔다 왔나?

- 응

간단한 요건만 묻고 우리의 대화는 끝났다. 옆에 있던 아저씨가 금방 엄마를 불렀기 때문이다. 그 모습에 엄마가 가는 것 빼앗아 내가 서빙하기 시작했다. 어릴 적에도 이런 모습이 싫었다. 술에 취한 사람들이 엄마를 함부로 부르고 얘기하는 걸 말이다. 이런 일 하지 말고 다른 일을 하자고 했지만, 엄마는 자기가 좋아서 한다고 계속했다. 하지만 나 때문에 이런 일을 하고 있다는 걸 알았다. 나는 그걸 알기에 어느 순간부터 서빙일은 내가 했다. 반면 엄마는 이런 내 모습이 싫었는지. 들어가서 공부하라고 했지만, 나는 듣지 않고 도와왔다. 그렇게 중학교 때까지 같이 했지만, 고등학교 들어가고 야자와 여러 가지 일 때문에 같이 하는 일은 없어졌다. 그렇게 결국 엄마 혼자서 해내 갔다. 이런 생각이 스치니 더욱 미안한 마음에 오랜만에 서빙 일을 했다. 어느덧 많았던 사람들은 빠져나가고, 이제 한 사람만 남았다. 남은 사람은 우리 집 단골이었다. 항상 모자를 쓰고 몸과 얼굴은 보면 갖은 고생을 다 한 듯한 얼굴이었다. 항상 마지막까지 앉아있으면서, 엄마의 말동무가 돼주시곤 하셨지만, 나에게 그저 진상 손님일 뿐이었다.

- 아들 많이 컸네? 내 기억하나?

- 아. 네.

- 그래 요즘 고등학생이 가?

- 네.

- 그래. 이때가 가장 중요하지. 공부 열심히 해라. 그래야지 엄마 고생

안 시키지.

　- 네.

　그 아저씨의 모든 얘기에 다 단답형으로 대답했다. 그 이유는 빨리 나가라는 뜻이었다. 지금 나는 엄마와 단둘이 하고 싶은 얘기가 있었기 때문이다. 학교에 있었던 일에 대해 다시 말하고 싶었다. 그 일이있고 집에 와 단 둘이 얘기를 나누었지만, 대화는 제대로 못한 채 끝나버렸다. 그런데 시간을 잘못 맞춘 건지. 엄마는 그 손님 때문에 내 말을 들으려 하지 않았다.

　그때 그 일이 있고 학교 마치고 집에 들어가니 엄마는 거실에 앉아있었다. 엄마는 내가 들어오는 걸 보고 나를 불렀다. 우리 둘은 거실에 앉아 한 번 더 이야기를 나누었지만, 제대로 이야기가 끝나지 않았다.

　- 정말 자랑했어?

　- 아니야. 난 자랑하지 않았어.

　- 그럼 왜 보여준 거야?

　- 난 안 보여줬어. 그냥 얘들이 멋대로 본 거야.

　- 말이 된다고 생각해. 그냥 애들이 왜 멋대로 네 몸을 봐.

　이때 나는 말문이 막혀버렸다. 내가 왕따인 걸 말한다면, 엄마가 충격받는 것보다 나를 괴롭힌 얘들한테 엄마가 피해 볼 것 같은 두려움이 있었다. 이렇게 이야기는 내가 대답 하지 않고 엄마가 가게로 가면서 마무리가 되었다. 그리고 다음 날부터 우리 집에는 날카로운 물건들은 다 사라졌다. 나는 그때 얘기 못 한 대화를 다시 얘기하고 싶어 시도해보았지만, 항상 엄마 주위에는 손님들로 가득해 기회가 없었다. 엄마 가게에는 내가 낄 공간은 없어 보였다. 하지만 포기하지 않고 낄 공간을 만들려고 기다렸다. 그런데 기회가 없자 그냥 얘기를 해버렸다. 단골 아저씨에게 는 안 들리게 작게 말이다.

- 엄마 나 학교에서 자랑하지 않았어. 애들이 멋대로 본 거야.

- 알겠어. 지금 말고 나중에 얘기하자.

- 언제?

- 지금 일하고 있잖아. 왜 자꾸 이래?

- 엄마 이유는 말할 수 없지만 정말 애들이 멋대로 본 거야. 엄마는 믿 어줘.

- 알겠어. 엄마도 아들이 자랑한 거 아니라고 생각해. 그러니깐 오늘 피곤하니깐 일단 씻고 있어. 이거 끝나면 들어갈게.

아직 그 단골 아저씨가 남아 있어서 못 떠나고 있었다. 더불어 손님들 은 다시 더 들어왔다. 그사이에는 내 공간은 안 보였다. 결국 엄마에게 인사도 안 하고 가게에서 나왔다. 가게에 나오니 밤이 되어 어두웠지만, 식당 불빛과 가로등 불빛이 그 어둠을 치워 주었다. 그리고 여기에는 이 제 시작인 듯 밝고 시끄러운 음악 소리가 가득했다. 그 사이를 지나쳐 반 대편인 우리 집 쪽으로 갔다. 반대로 여기는 조용하고 어두워진 골목이 나왔다. 나는 그 어두워진 골목 사이에 우리 집을 찾아 올라갔다. 집에 들어가 엄마의 말대로 씻고 거실에서 기다리다가 잠시 잠이 들었다. 전 기장판을 안 튼 탓인지, 몸이 추워 잠시 잠에서 깨니 나 혼자뿐이었다. 빛을 밝히고 있는 건 밖에서 빛나는 가로등 불빛과 티브이에서 나오는 예능프로그램 불빛뿐이었다. 나는 일단 티브이에 나오는 불빛에 의지에 옆에 있던 휴대전화를 집어 시간을 확인했다. 지금 시간은 새벽 3시 50 분. 엄마가 집에 오고도 남을 시간이지만, 아직 안 들어왔다는 건 가게에서 잠이 든 것 같았다. 혹시나 해서 전화하려 바탕화면으로 들어갔는데 엄마의 문자가 보였다.

"아들. 오늘 먼저 자. 엄마가 오늘 너무 힘들었어. 여기에서 자다가 내일 아침에 들어갈게. 우리 내일 얘기하자. 엄마가 항상 미안해."

이 문자를 보고 도대체 나에게 뭐가 미안하다는 건지. 이해가 가지 않았다. 오히려 화가 났다. 또한 다른 한편으로는 비참한 느낌도 들었다. 그 순간 왼쪽 손목에 통증이 왔다. 엄마가 치료해 준 뒤, 한 번도 치료하지 않고 방치해 둔 손목은 붉은 흉터가 보였다. 달아오른 붉은 흉터를 보면서 결심한 듯 일어나 방으로 향했다. 방으로 들어가 불도 켜지 않은 채 뒤가 볼록 튀어나온 CRT 모니터를 켰다. 몇 없는 바탕화면에서 인터넷을 클릭한 뒤 한 단어를 쳤다.

"자살"

자살이라는 키워드를 치니 맨 위에는 "당신의 소중한 사람입니다. 자살예방 상담전화 1393" 떴다. 나는 광고 본 것처럼 스킵 한 뒤 밑으로 스크롤을 내렸다. 학술정보, 지도, 뉴스. 사전, 책 등 다양한 정보가 나왔지만, 정작 내가 찾고자 하는 내용은 나오지 않았다. 내가 원하는 내용을 찾을 때까지 다른 내용으로 쳐보았지만, 그래도 찾지 못했다. 포기하고 잠시 거실에 나오니 하고 있던 예능 프로는 어느새 끝나고 범죄 영화가 나오고 있었다. 그리고 내가 그토록 찾던 방법이 나오고 있었다. 한 살인범이 피해자를 끈으로 목 졸라 죽이고 있었다. 나는 그걸 보고 방에 달려 있던 철봉이 생각났다. 누가 예전에 옷걸이 용으로 철봉을 매달아 놓았다. 나는 그걸 기억해 바로 창고에 들어가 끈을 찾았다. 찾은 끈을 가지고 방으로 향했다. 철봉 밑에 의자를 밟고 철봉에 끈을 매달았다. 안 떨어지게 끈을 한 번 잡아당겨 보고는 작은 구멍으로 내 머리를 집어넣었다. 이걸 만들고 들어가는데 몇 분도 채 걸리지 않았다. 그냥 몸이 움직였다. 막상 구멍에 얼굴을 집어넣으니, 두려움도 있었지만, 의구심도 생겼다.

'정말로 이대로 죽을까?'

그와 같이 이런 생각도 했다.

'내가 죽어도 기억하는 사람이 있을까?'

그랬더니 의구심은 사라지고 몸은 움직였다. 나는 발로 의자를 찬 뒤 몸을 공중으로 띄었다. 그러자마자 바로 고통이 밀려왔다. 물에서 숨 참는 고통보다 몇 배 더 밀려오는 듯했다. 내 손은 어느새 살고 싶어 끈을 끊으려고 하고 있었지만 쉽지 않았다. 그럴수록 끈이 더욱 조이는 듯했다. 내 발은 허공을 차며 살려달라고 소리 치르고 싶었지만, 목소리도 나오지 않았다. 한참동안 발버둥을 치다 "퍽" 하는 소리와 함께 나는 바닥으로 떨어졌다. 온몸은 살아있다고 소리치듯이 "캑캑캑" 이상한 소리를 내뱉고 있었다. 어두운 방 안에 컴퓨터 모니터 빛에 의지해 끈을 서둘러 벗어던졌다. 끈을 벗어 던지고 나니 내 몸은 추위와는 다른 떨림으로 떨고 있었다. 나는 살아있는 걸 느끼면서 주위를 둘러보았다. 내가 살아난 이유는 끈이 내 발악을 버티다 못해 끊어지면 살아남았다. 분명 올라갔을 때는 죽으려고 했지만, 막상 죽음이 다가오니 또 몸이 자동으로 발버둥 쳤다. 그랬던 몸은 내려오니 아무것도 못 한 채 떨고 있고, 반대로 머리는 아쉬움이 남았다. 그렇게 움직이지 못해 추위에 떨 듯 몸을 움츠려 한동안 이렇게 누워 있다가 그만 잠들고 말았다.

몇 시간 동안 자다 창문에서 비추고 있는 햇살이 뜨거워 자동으로 누워있던 몸을 반쯤 일으켜 세웠다. 도대체 얼마나 푹 잔 걸까. 정신 못 차리고 있는데 현관문에서 잠금 푸는 소리가 들려왔다.

"디리릭 탁"

– 엄마 왔다.

그 소리에 절로 정신이 떠지면서, 내 주변 상황을 봤다. 풀려진 끈 조각 그리고 아직 위에 달린 남은 끈, 컴퓨터 모니터에는 자살이라는 검색어가 그대로 남아있었다. 그런 상황과 함께 내 목을 만졌다, 끈으로 인한 상처가 아직 느껴져 서둘러 목티를 찾아 입었다.

– 아들 거실에 티브이를 켜놓고 방에서 잔 거야?

엄마는 나에게 티브이를 켜놓은 걸 얘기하면 내가 있는 방으로 걸어왔다. 걸어오는 소리에 목티를 목에만 건친 채 서둘러 방문을 잠갔다. 잠근 바로 다음 엄마가 방 문고리를 만졌다.

– 왜 문을 잠가? 문 열어봐.

– 몰랐어. 알겠어. 기다려봐.

일단 철봉에 달린 끈을 넘어트린 의자를 세워 끈을 풀고는, 땅바닥에 너부러진 끈과 함께 침대 밑으로 넣어두었다. 컴퓨터는 바로 전원 버튼을 눌러 끄고 난 뒤, 목티를 마저 입고 문을 열어주었다. 최대한 웃으며 엄마를 보았다. 엄마는 인상을 찌푸리면서 얘기했다.

– 왜 이렇게 문을 늦게 열어? 뭐 했어?

– 뭐하긴 뭐해. 그냥 자다 일어났지.

말도 안 되는 소리였지만, 지금 내 신경은 온통 어제 흔적으로 가 있었다. 엄마는 내가 이상한 것을 눈치챈 듯 방 주위를 둘러보았다. 그 순간 바로 긴장했다. 자살 시도했다는 걸 혹시라도 들킬까 봐. 엄마의 눈을 따라 나도 따라갔다. 다행히 이상한 것을 못 찾았는지 엄마는 다시 나를 보면 이상한 표정을 짓고 얘기했다.

- 집에서 왜 목티를 입고 있어.

- 아니. 그냥 추워서 목티 입었어.

- 보일러 켜라고 말했잖아.

- 안 켜도 돼. 뭐 혼자 밖에 없는데.

그 순간 말을 잘 못 했다는 걸 느꼈다.

- 아니. 내 말은 그게 아니고….

엄마는 내 끝말을 듣지도 않고 다시 얘기했다.

- 아니야. 그것보다 어제 네가 자랑 안 했다는 말

- 어. 내가 정말 자랑 안 했어.

- 알아. 엄마는 아들을 믿어.

- 어?

- 안다고 안 했다는 거.

- 어?… 근데 왜 그때 왜 넘어간 거야? 내가 말을 하려고 하는데 왜 막았어?

나는 이 말을 꼭 엄마에게 묻고 싶어 그렇게 찾아갔다.

- 그때 말했으며 학교를 못 다닐까 봐 그랬어. 그래도 학교는 졸업은 해야지. 난 아들이 나처럼 안 살았으면 해…. 오늘은 아무것도 안 했지?

말을 더하고 싶었지만 못했다. 엄마의 눈에 눈물이 고여 있는걸 보고 말았으니깐. 나는 엄마의 물음에 안심시키려 거짓말과 함께 우리의 대화를 끝냈다.

- 어. 하긴 뭘 해.

나는 당분간 등교할 때 목티를 하고 등교해야 했다. 그나마 다행인 건 겨울이어서 그런지 목티하고 오는 학생들이 많아 의심을 한 일은 없었다. 목티하고 반에 들어가니 나는 투명 인간이었다. 다행인 건지 불행인 건지 정신과 치료와 한 번 반에서 웃은 사건 그리고 시작의 발단이었던 왼쪽 손목을 그은 사건까지 합쳐, 학교에서는 '미친놈'으로 소문이 나 있어 아무도 나를 건드리는 사람이 없어졌기 때문이다.

나는 예전에 우산이 없어 가랑비에 흠뻑 맞아 병에 걸린 적이 있다. 맨 처음에는 가랑비여서 뛰어가면 별로 안 맞을 줄 알았다. 그런데 다음 날이 되자 나는 병에 걸려 움직일 수가 없었다. 별게 아닌 줄 알았던, 가랑비가 내 몸을 다 젖히고 병들게 만들었다. 나는 그걸 병이 걸리고 나서 알았다. 별거 아닌 듯한 가랑비가 나를 병들게 만들고 있었다는 걸.

0. 하루

- 형 괜찮아요?

만호 형 동생 민호가 나의 어깨를 살짝 두드리며 물었다. 그 소리에 학창 시절에 빠져있던, 나는 나오게 되었다. 죽음을 생각하니 옛날 생각에 빠졌나보다. 가지고 있던 담배 한 갑을 다 피웠으니 말이다.

- 어. 괜찮아. 미안해.

- 아니에요. 이제 비가 그친 것 같아요.

- 어 그러네. 이제 가봐야겠다. 힘내.

- 고마워요.

위로도 안 되는 말이겠지만, 할 수 있는 말은 그 말밖에 생각나지 않았다. 나는 비가 그친 뒤 밝아진 햇빛으로 나왔다. 햇빛이 너무 세서 눈이 쉽게 떠지지 않았지만, 몇 번 깜빡거리니 익숙해지면서 집으로 걸어갔다. 집으로 걸어가며 장례식장에서 있었던 충격적 일로 인해 생각한 게 있다.

'자살은 택하지 말자.'

내가 죽었는데 일면식도 없는 사람들이 와서 입방아에 올라 내리는 생각하니 어이없고 화도 났다. 그 생각으로 버스 타고 휴대전화를 켜고 동영상 공유 사이트를 보고 있었다. 거기에 알 수 없는 알고리즘이'위기탈출 넘버원'이라는 한 동영상으로 나를 이끌었다. 이걸 그냥 보고 있는데, 한 가지 생각이 스쳤다.

'아, 이거다. 손을 댈 수 없는 범위로 죽자.'

위기탈출 넘버원에서 자기도 모르게 죽는 장면이 나왔다. 예를 들자면 벌에 쏘여 죽는 장면, 와인을 마시다 죽는 장면, 웃다가 죽는 장면 등 정말 어이없게 죽는 사건들이 나왔다. 이게 나에게도 일어날 수가 있다면, 내가 지금 가입하고 있는 사망보험금에서도 분명 많은 돈이 나오리라 생각했다. 그러면서 '엄마에게 도움이 될 수 있겠다.'라고 생각도 났다. 그러다가 내가 죽어가면서 본 휴대전화에 엄마가 뜬 것이 생각났다. 혹시나 하고 통화 목록을 보니 부재중 통화 10통이 와있었다. 그 이름 다 엄마였다. 내가 그때 죽어가면서 본 게 헛것이 아니었다. 나는 바로 전화를 걸었고, 엄마는 기다렸다는 듯이 말했다.

- 뭐해?

엄마의 목소리는 내 귀를 뚫었다, 나는 당황하며 되물었다.

- 왜?

- 전화 와서 전화했더니만 전화를 안 받잖아!

- 아. 미안해…. 그건 그렇고 나 아예 대구로 내려가야 될 것 같아.

한없이 미안해서 목소리가 많이 숙여 들어갔다. 이제 내가 여기에 있을 이유도 없을뿐더러 엄마 얼굴도 보고 싶었다.

- 그래 내려와. 근데 이번 주에 내려와?

엄마는 대수롭지 않게 얘기했다.

- 어. 이번 주.

반지하에 돌아와 짐 정리하러 노트북 같은 전자기기를 중고나라에 다 팔았다. 이제 나에게 필요 없는 물건이기 때문이다. 미술용품들도 내놓았지만, 사는 사람이 없어 나머지 옷과 같이 우체국에 있는 제일 큰 상자에 쑤셔 넣었다. 하지만 내가 들고 온 상자가 부족했다. 내가 여기에 5년 동안 살았다는 게 실감하는 순간이기도 했다. 무슨 작은 반지하에서 물건이 끊임없이 나왔다. 결국, 3박스를 더 구매해 다 싸놓고 총 4박스를 4번이나 왕복하고 보냈다. 다 보내고 나니 아무것도 없는 반지하에 앉아 공간을 쭉 바라봤다. 이렇게 되고 나니 '좋았던 기억도 많이 있는 것 같았다.'라는 생각에 쓸쓸한 웃음을 지었다. 한참 방을 바라보고 있는데, 아직 계약 기간이 남아있다는 생각이 났다. 그 생각과 동시에 방을 찍어 사이트에 올리고 아주머니에게 알렸다.

- 302호에 사는 주창용이라고 합니다.

- 아. 네. 총각 왜?

- 저 이제 집에 내려가야 될 것 같아서….

집주인 아주머니는 갑자기 목소리가 커지더니 내 말을 끝까지 들어보지 않고 자기 얘기하기 시작했다.

- 총각, 계약을 했는데 그렇게 나가면 안 되지. 계약해놓은 게 있는데 그렇게 무턱대고 얘기하면 안 되지 젊은 사람이.

나는 집주인 아주머니의 대답이 다 끝나자마자 큰소리로 내 얘기를 다시 이어갔다. 평상시의 목소리로 얘기하면 내 얘기를 안 들으실 것 같아. 일단 내 얘기를 듣게 큰 소리로 얘기를 했다.

- 내려가야 될 것 같아서 집 내놨고요. 구하는 대로 내려간다고 전화했어요!

나도 모르게 마지막까지 큰 소리로 얘기했다. 그랬더니 아주머니의 목소리가 다시 원래대로 돌아왔다.

- 아 그래. 진작에 얘기하지. 알겠어요. 많이 힘들었지. 구하는 대로 나한테 연락해요.

"얘기하고 있는데 끝까지 안 들은 사람이 누군데…."

나는 마음속으로 어이없다고 생각했다. 집주인 아주머니는 그런 내 생각을 아는지 모르는지. 인자하신 목소리로 나를 다독였지만, 이미 때는 늦었다.

- 네.

짧은 대답 함께 더는 집주인 아주머니와 얘기할 마음이 남아있지 않았다. 서울이어서 그런지 내놓은 지 얼마 안 돼. 금방 사람들이 전화가 왔다. 살면서 이 작은 반지하에 이렇게 많은 사람이 들락날락 한 건 처음이었다. 3일 만에 계약하자는 사람이 나오면서, 이 집과는 작별을 고했다. 지난 5년 동안 무수히 많은 일이 있었지만, 결코 그게 나쁘지는 않았다. 오히려 떠난다고 하니 씁쓸하고 착잡했다. 이 마음이 드는 건 내가 실패했기 때문이라는 걸 알고 있었다. 그리고 그 실패가 나에게 남긴 것은 보증금 천만 원뿐이었다.

대구에 도착하고 딱히 들릴 때가 없어 바로 엄마에게 갔다. 지금 엄마는 작은 음식 가게에서 반찬가게로 바뀌었다. 분명 힘이 들어 바꾸었지만, 그래도 쉬지도 않고 시장에 제일 처음으로 나와 음식 준비를 한다. 그 한자리에서 종목은 바뀌었지만, 20년 넘게 지키고 계신다. 나는 그 자리를 한 손에는 캐리어 다른 한 손에는 스포츠 그립 백을 든 채로 갔다. 도착하고 엄마를 불렀다.

- 엄마, 나 왔어.

엄마는 내 목소리를 듣고 버선발로 뛰어나와 반겨줬다.

- 어. 아들.

막상 엄마를 보니 부끄러웠다. 서울에 무작정 화가를 꿈꾸고 올라갔다. 그때에는 분명 성공하고 돌아온다고 했는데, 지금 이 모양 이 꼴이라니. 그때 왜 '성공하고 돌아올게.'라는 말을 왜 했을까. 성공했으면 못 돌아오는 게 맞지 않나?

지금 이렇게 돌아오니 이 말은 꼭 내 마음 어디 한 구석에 실패할까. 두려워 보인 생각인 것 같았다. 막상 이렇게 내려오니 보증금 말고 깨달은 것도 있었다. 모든 일에 다 쏟아붓지 말고 나를 위해 여유를 남겨두자. 지금 꿈을 포기하니 내가 할 수 있는 게 아무것도 없었기 때문이다. 여기까지 내려오면서 많은 두려움에 떨었다. 엄마에게 실패자라고 들을까 봐. 매우 무서웠다. 하지만 내 생각과 다르게 엄마는 언제나 똑같이 반겨주셨고, 내 안부부터 먼저 물어봐 주셨다.

- 일단 밥이나 먼저 먹고 몸은 개 안나?

나는 엄마가 내 몸을 훑어보는 시선을 느끼며, 쇼케이스 냉장고 뒤쪽으로 가 엄마가 차려준 밥을 먹기 시작했다.

- 괜찮다.

- 그 전화는 뭐야?

- 그냥 해봤다.

말도 안 되는 거짓말이었지만, 우리는 익숙하듯이 암묵적으로 넘어갔다.

- 그 사람은 아직도 하고 있나?

내가 엄마에게 통화로 맨날 만호 형을 얘기한 적이 있다.

- 그 형 죽었어….

그 말을 한 뒤 잠시 밥을 먹던 숟가락이 멈칫했다.

- 뭐라고? 어쩌다가? 사고로?

- 자살했어.

나는 덤덤하게 말했고, 엄마는 충격받았는지 한동안 말이 없다가 다시 입을 뗐다.

- 괜찮지?

항상 엄마가 나에게 '괜찮지?'라는 물음에 한 번도 사실대로 말을 한 적이 없다. 어떤 대답을 해야 할지 몰라서, 내 대답이 항상 똑같았다.

"괜찮아."

아직도 도저히 다른 대답이 생각이 나지 않았다.

- 괜찮아······.

그렇게 내 대답을 듣고 엄마는 내가 들고 온 물건을 보셨다.

- 짐은 다 들고 내려온 거야? 일은?

- 응. 나머지는 택배로 올 거야. 미안해. 성공한다고 했는데···. 실패했어···.

나는 또다시 숟가락을 멈추고 고개 숙이며 얘기했다. 그런데 엄마는 큰일 아니라는 듯 얘기했다.

- 살다 보면 그럴 수도 있고 저럴 수도 있는 거야. 앞으로 어떻게 살아갈지를 고민하면 돼. 그럼 한동안 여기에 지낼 거지?

- 응. 그럴 거야. 아니면 계속 여기에서 지낼 수도 있고.

- 그럴 거면 엄마 주말마다 봉사하는데 너도 같이 가서 봉사하자.

나는 잘 못 들은 줄 알았다. 학교에 다닐 때는 어쩔 수 없이 한 게 봉사였다. 그렇게 나에게 봉사는 아무 대가 없이 하는 일이었다. 나는 다시 한번 그 봉사를 말하는 게 맞는지 재차 확인하기 위해 다시 물었다.

- 봉사? 티브이에 나오는 그런 거? 아픈 사람들 공짜로 돕고 하는 거?

- 그래. 아픈 사람들 돕고 하는 거.

나는 티브이에 나오는 봉사하는 사람도 절대 스스로 봉사하고 있다고 믿지 않는 주의였다. 왜냐하면 나는 단 한 번도 자의에 의해서 봉사한 적이 없었기 때문이다. 더군다나 티브이에 나오는 난민, 가난한 사람, 질병에 힘든 사람 등이 방송에 나올 때마다, 옆에 기부금 같은 게 뜨고 거기에 돈이 올라가는 걸 볼 때마다 이런 생각을 했다.

'얼마나 여유로운 사람이길래 돈을 주지?'

'우리도 힘든데 왜 우리한테는 안 오는 거야! 돈은 제대로 저 사람한테 가는 거 맞아?'

나는 찌질한 생각과 동시에 저 돈이 저 사람에게 가고 있는지도 의심이 들었다. 그 의심과 찌질한 생각의 폭은 더 넓혀갔다. 모르는 사람에게 연탄을 옮겨주고 무료로 음식을 나눠주는 사람들에게는 이런 생각도 했다.

'다들 뭔가 원하고 이런 일을 하는 것이다. 절대 공짜로 하는 사람은 없다.'

이런 생각을 한 채, 티브이에 나올 때마다 바로 채널을 돌리곤 했다. 사실 그들에게 부러움과 시샘도 있었다. 우리는 아무런 도움 없이 이렇게 힘들게 살고 있는데, 그들은 티브이에 한 번 나온 것으로 편해진다는 상상을 하니 시샘과 질투가 났다. 알게 모르게 점점 나보다 힘든 사람에게 더욱 시샘하고 있었다. 그런 생각 하고 사는 나는 엄마를 이해하지 못해 말 한 게 큰 실수였다.

- 거기에서 뭐 주나? 뭐 해주나?

- 뭐라고 했어? 뭐 해주나? 지금 올라가서 그런 쓰레기 같은 생각만 하니 안 된 거야!

엄마는 순간 얼굴이 바뀌면서 언성을 높였다. 옛날에도 많이 봤지만, 이번에는 느낌이 달랐다. 나는 그걸 알고 방금 한 말을 되돌리고 싶었지만, 이미 때는 늦었다. 나는 이 정도로 화난 엄마를 처음 봐서 당황함과 동시에 나에게 "쓰레기"라고 말을 했다는 자체에 대한 서운함도 왔다.

– 쓰레기? 어떻게 나에게 그런 말을 할 수가 있어?

엄마는 내 말을 듣지도 않고 다시 얘기를 시작했다.

– 내가 많은 사랑을 못 줬으니 이런 생각을 하게 되었구나. 다 내 잘못이야…. 안 되겠어. 꼭 데리고 가야겠어.

엄마는 자책하면서도 뭔가 각오한 듯 말했다. 그리고는 갑자기 뒤돌아 가방을 뒤지더니 팸플릿을 내게 건네셨다. 나는 한 번 팸플릿을 힐끗 보고 물었다.

– 이건 뭔데?

– 봐봐. 네가 하게 될 봉사야.

– 난 안 해.

– 그럼 다시 올라가.

절대로 갈 데가 없어서가 아니다. 그냥 무슨 봉사활동인지 궁금해서 다시 쳐다봤다. 라고 나만의 합리화를 하며 엄마가 건네 팸플릿을 봤다.

"호스피스 자원봉사자 완화의료 교육"

팸플릿 앞면에 적혀 있었다. '호스피스'라는 단어를 처음 들어봐서 일단 스마트폰으로 검색해보았다.

"죽음을 앞둔 환자가 평안한 임종을 맞도록 위안을 베푸는 봉사활동"

이 글을 보고 다시 팸플릿을 쳐다보았다. 그러면서 살짝 엄마의 눈치를 봤다. 엄마는 나랑 방금 무슨 일이 있었는지, 까먹었다는 듯 방금 들어온 손님을 대하고 있었다. 어쩔 수 없이 다시 팸플릿을 보았다. 각종 교육내용과 기간이 적혀 있었고, 호스피스에 관한 뜻도 있었다.

"죽음이 가까운 환자를 입원 시켜 위안과 안락을 얻을 수 있도록 하는 특수 병원. 말기 환자에게 부자연스러운 연명 의료하지 않고 육체적 고통을 덜어 주기 위한 치료 하며, 심리적으로나 종교적으로 도움을 주어 인간적인 마지막 삶을 누릴 수 있도록 하는 곳이 호스피스 병동이다. 호스피스는 임종이 임박한 환자들이 편안하고도 인간답게 죽음을 맞을 수 있도록 위안과 안락을 베푸는 봉사 활동 또는 그런 일을 하는 사람을 지칭하는 게 '호스피스'라고 한다."

호스피스에 대한 뜻을 알고 나니 순간 이런 생각도 났다.

"내가 이런 일을 할 자격이 있을까?"

하지만 배가 고파 이 생각은 금방 지나갔다. 나는 바로 눈앞에 있는 밥을 게걸스럽게 먹었다. 게걸스럽게 먹다 보니 어느새 손님이 나가고 없었다. 손님이 없는 걸 확인하고 엄마에게 물었다.

– 이 일은 어떻게 알고 언제부터 한 거야?

엄마가 5년 동안 봉사한다는 줄 몰랐다.

– 아들이 올라간 순간부터 교회에 나갔어. 거기에서 여러 봉사활동을 다니다가 호스피스라는 걸 알게 됐어. 그렇게 교회 사람들과 교육 듣고 나가 봤는데, 거기에서 많은 걸 얻었어. 그걸 아들도 봉사하면서 얻기 바래.

나는 아직도 '우리도 힘이 들어 죽겠는데 누가 누굴 도와준다는 건지…'라는 마음이 있었다. 엄마도 지금 몸이 힘들어 음식 가게에서 반찬 가게로 바꾸었으면서 말이다. 그렇게 인정하지 못했지만, 엄마의 눈을 보니 고개를 끄덕일 수밖에 없었다.

- 그럼 이 교육 들으면 바로 봉사 활동할 수 있는 거야?

- 그럼. 할 수 있지. 아들이랑 같이 했으면 좋겠어. 꼭

엄마는 나를 바라보면 슬픈 눈으로 말했다. 나는 그 눈을 피하면서, 나머지 밥을 먹기 시작했다. 그 눈을 계속 보고 있자면, 서울 지내면서 힘들었던 일을 다 말할 것 같았다. 5년 간 나도 변하고 엄마도 변하면서 우리 집도 변했다. 많이 이사 다니던 우리는 엄마가 홀로 번 돈으로 아파트를 사 이사 가게 되었다. 분명 서울에 올라갈 때 엄마보다 잘살 거고, 호강시켜주려고 올라갔다. 그런데 호강은 개뿔 경제적, 정신적으로 도움 준 게 아무것도 없었다. 오히려 내가 엄마 혼자 힘으로 산 아파트에 도착해 엘리베이터를 타고 올라갔다. 엘리베이터 안에서 거울을 쳐다봤는데, 그 순간 나 자신이 초라해 보였다. 집에 들어가자마자 양손에 있던 무거운 짐을 내려놓고 집을 둘러보았다. 나는 지난 5년 동안 대구에 내려온 적이 없었다. 즉 이 집에는 처음으로 들어오는 거였다. 딱히 대구에 내려가도 친구는 없었기 때문에, 굳이 내려가지 않았다. 대신 엄마가 올라왔다. 엄마는 내 얼굴도 볼 겸 올라와 반찬을 주시곤 했다. 이것 때문에 더 내려갈 필요가 없었다. 처음으로 우리 집이라는 걸 가져본 기념으로 집을 쭉 둘러보았다. 확실히 그전에 살던 집과 달랐다. 이때까지 화장실이 한 개였는데 화장실이 두 개였고 방도 한 개가 더 많았다. 엄마는 내 방 만들어놓았다고, 들어가 보라고 했다. 나는 그 얘기에 일단 내 방으로 들어가 둘러봤다. 내 방에서 제일 먼저 눈에 들어온 게 있었다.

"침대"

우리는 이때까지 침대가 없었다. 어릴 때 내 방에 침대 갖고 싶다고 했지만, 그럴만한 조건이 되지 않았다. 그전까지는 방이 두 개였다. 한 곳

에는 창고, 또 다른 한 곳은 옷 방, 공부방, 잘 공간이 다 들어있었다. 하지만 그 공간은 내가 다 쓰고, 엄마는 항상 거실에서 잤다. 지금 생각해보면, 모든 집에 엄마의 공간은 없었다. 문제는 그걸 이상하게 생각하지 않았다. 오히려 엄마는 방이 필요가 없어 거실에서 자는 것으로 생각했다. 이게 잘못된 생각이라는 걸 서울에 올라와서 알았다. 누구도 자기 방이 필요 없다고 생각하는 사람은 없었다. 엄마는 어떻게든 항상 내 공간을 만들어 준 것이다. 지금 아파트에 있는 "침대"가 말해주고 있다. 한 번도 대구에 내려온 적이 없는데도, 내 방이 있고 침대가 있었다. 엄마는 무뚝뚝하지만, 계속 머릿속으로 생각해왔다는 것이다. 이내 컴퓨터를 보니 웃음이 나왔다. 컴퓨터는 언제 되었는지 모를 뒤가 튀어나온 CRT 모니터가 그대로 있었다. 이제 될지도 잘 모르는 컴퓨터를 안 버리고 그대로 나 두었다는 엄마에서 웃음이 나왔다. 그렇게 내 방을 구경하고 화장실로 들어가 씻었다. 언제부터인가 생긴 습관은 아직까지 유지되고 있다. 이 습관이 왜 생긴 지 한번 생각해본 적이 있다. 아마도 그건 고등학생 때부터 그랬던 것 같다. 그들에게 당하고 난 뒤, 집에 와서 씻어내려 버리면, 그나마 나에게 더럽힌 오물이 씻어져 내려가는 것 같았기 때문이다. 그때부터 집에 들어오거나, 잠깐 나갔다가 와도 머리에서부터 발끝까지 샤워하고 새로운 옷으로 갈아입었던 것 같았다. 남들이 보면 뭐라고 하겠지만, 어차피 이걸 하는 사람은 엄마밖에 없다. 그렇게 나는 샤워하고 나와 CRT 컴퓨터에 앉았다.

컴퓨터는 오랜 세월 사용 안 한다는 걸 증명하듯 먼지가 끼어있었다. 예전에 컴퓨터로 많은 시간을 보낸 적이 있었다. RPG 게임, FPS 게임, 스포츠 게임 등 집에 돌아오면 바로 컴퓨터를 켜 게임 세상 속에 빠져보기는 했지만, 얼마 가지 않아 시들어졌다. 게임 속 세상에서 만난 그들도 게임을 못하면 그들처럼 욕을 하거나 심하면 부모까지 건드렸기 때문이다. 그럴수록 게임도 금방 싫증이 났다. 그럴 때마다 만화책에 빠져갔다. 그다음에는 그림을 만나게 되면서 컴퓨터는 나에게 더욱더 멀어져 갔다. 더구나 스마트폰이 생기면서, 컴퓨터는 더 이상 사용을 안 하게 되었다. 나는 언제 사용한 지 기억도 안 나는 먼지가 쌓인 컴퓨터가 사용되는지 궁금해 켜보았다. 언제 다운받았는지 생각도 안 나는 프로그램들이 그대로 있었다. 나는 이제 그것들을 지우고 낡은 컴퓨터에 인터넷을 켜보았다. 켜보니 이 컴퓨터가 얼마나 오래되었는지 말해주는 듯했다. 이제 이 윈도는 지원 안 하니 업데이트를 해야 한다고 떴기 때문이다. 나는 그걸 무시하고 즐겨찾기를 들어가 보았다. 마지막으로 고등학생 때 검색한 그 상태 그대로 되어 있었다.

"자살"

내 컴퓨터의 검색어와 즐겨찾기는 자살카페나 자살에 관련된 동영상에서 멈춰져 있었다. 나는 그걸 확인하고, 이제 사용하지 않는 컴퓨터를 포맷해 버렸다. 혹시나 검색어를 남들이 볼까 두려워서이다. 그리고 내일 고물상에 팔려고 모든 선을 다 뽑아버렸다. 그러고 나서 여기와 하려던 것을 찾아봤다.

"사고사"

스마트폰을 켜고 검색창을 열었다. 그 밑에 '호스피스'가 눈에 띄어서 잠시 멈칫거렸지만, 이내 '호스피스' 검색창을 지우고 사망보험금과 사고사에 대해 찾아봤다. 스마트폰으로 어떻게 죽으면 잘 죽는지. 몇 시간 동안 쳐 보았다. 그런데 옛날보다 더 찾기가 어려웠다. 어쩔 수 없이 사망보험금에 대해 살펴봤다. 역시 자살로 죽으면 보험사에서는 잘 돈을 안 준다는 사실만 깨달았다.

다음 날 되고 엄마가 말한 "호스피스 자원봉사자 완화의료 교육" 교육장으로 들어갔다. 나는 당연히 이것도 봉사활동이니 나와 같은 또래도 있을 줄 알고 들어갔다. 근데 들어가 보니 다들 어르신들뿐이었다. 그 공간에 스물아홉 살이 된 어린애가 들어오니 어르신들은 다 신기한 눈빛으로 바라보았다. 나는 그 시선을 피해 맨 뒤 자리에 앉았다.

교육은 딱 이틀간 받으면 수료가 된다. 교육 시간은 아홉 시 삼십 분부터 십육 시 삼십 분까지 교육이 시작된다. 그렇게 앉았는데, 학생으로 돌아간 것 같았다. 그 순간 원목실에서 오신 목사님의 이론 수업이 시작되었다. 시작하자마자 잠이 쏟아지기 시작했지만, 도저히 몰래 잘 수가 없는 분위기였다. 내 바로 옆에 할아버지 한 분이 열정적으로 수업을 집중해 듣고 계셨기 때문이다. 그 모습에 귀에는 안 들어오지만 들었다. 그리고 잠시 쉬는 시간이 되었지만, 이때에도 제대로 휴식을 못 취했다. 할아버지께서 자연스럽게 나를 말동무 상대로 삼으시고는 많은 이야기를 하셨기 때문이다. 그렇게 처음으로 학생으로 돌아간 기분인데, 처음으로 잠 안 자고 수업을 다 들었다.

집에 돌아오는 길에 잠을 안 자서인지, 대체로 기억에 나는 게 있었다. 호스피스 완화의료에 대한 기본적인 이해를 위한 시간으로 시작해 암의 이해, 말기 암 환자의 증상 및 돌봄, 말기 환자 및 가족과의 의사소통, 완화의료 병동의 운영. 영적 돌봄 등을 많이 배웠다. 그런데 그 중에 가장 기억에 남는 것은 환자들의 감정 변화에 대한 설명이었다.

미국의 심리학자 퀴블러 로스가 사람이 죽음을 선고받고 총 5단계의

심경변화를 겪는다고 말한다.

"첫 단계는 부정이다. 맨 처음 말기 판정을 받으면 일단 부정한다고
한다.

'아닐 거야.'

'잘못된 결과일 거야.'

결과를 부정하며 이 병원, 저 병원 다니며 다시 검사받는다. 하지만 다
시 한번 암 말기 판정을 인정하게 될 뿐이었다. 결국 인정하게 되면 두
번째 단계인 분노로 간다.

'왜 하필 나야?'

'나 정말 열심히 살았는데.'

알 수 없는 화들이 올라온다고 한다. 그러면서 바로 오는 게 세 번째 단
계 타협이다.

우리는 아무것도 할 수가 없을 때 찾는 사람이 계신다. 바로 신. 환자들
은 마지막 끄나풀로 신을 잡고 얘기한다.

'이 병을 낫게만 해주신다면 열심히 살겠다.'

'제발 낫게만 해주세요.'

아무리 하늘에 빌어도 닿지 않자 네 번째 단계인 우울이다. 병에 대한
진행에 아무것도 할 수 없다는 절망감과 세상에 대한 것에 결별에서 오는
상실감이 덮으면서 죽음을 느낀다. 그러면서 극도의 우울감에 빠진다.

'방법이 없어. 난 이대로 죽는구나.'

이렇게 모든 감정의 변화를 겪고 마지막 다섯 번째 단계인 수용이다. 죽
음에 대해 담담하게 생각하고 수용한다. 그리고 세상으로부터 초연해지

기 시작하면서, 마음의 평화를 되찾은 듯한 모습을 보인다.

'그래. 나름으로 열심히 잘 살았어.'

마지막 단계인 수용의 단계까지 오고 끝이 나면 아주 좋은 결말일 것 같지만, 그렇지 않다. 환자들은 하루에 이 감정 변화를 계속 겪고 있다고 한다. 한 번은 수용의 단계까지 갔다가 다시 우울 갔다가 또다시 수용 또 다시 첫 단계인 부정으로 하루에 몇 번의 감정 변화가 왔다 갔다 한다고 한다."

이 말이 내 머릿속에 자리 차지하면서 집으로 돌아왔다. 어두운 집에 불을 켜고 씻었다. 씻고 나와 거실에 티브이를 켜 방바닥에 누웠다. 눕자마자 자연스럽게 스마트폰을 손에 쥐었다. 인터넷에 들어가 어제 찾던 걸 검색하려고 검색창을 켰다. 한참 사고사와 보험금을 보고 있었는데, 자꾸 오늘 배웠던 강의가 아직 내 머릿속에 차지해 검색하기가 찜찜했다.

"뭐 어차피 마음만 먹으면 얼마든지 할 수가 있는데 다음번에 하지."

또 다음날이 찾아오고 다시 교육을 들으러 갔다. 똑같이 할아버지와 수업을 같이 들었다. 이번에도 학교에 온 것처럼 수업을 들었다. 마지막 날은 몸을 좀 움직이면서 하니 그나마 시간은 빠르게 흘러갔다. 말기 환우의 심리 사회적 돌봄, 임종 돌봄과 사별 가족 돌봄, 자원봉사자의 역할과 자세. 호스피스 환우들 마사지 방법 등 다 모든 수업을 배운 뒤 수료증을 받았다. 그렇게 스물다섯 명쯤 되는 어른들과 인사하고 짧은 소개를 나누었다. 내 차례가 와 일어났다. 일어나자마자 같이 수업을 들었던 할아버지께서 물어보셨다.

- 젊은 총각은 어쩌다가 여기에 관심을 두게 되었는가?

나는 그 대답을 거짓 없이 사실대로 말했다.

- 어머니가 같이 봉사를 같이하자고 하셔서 왔습니다.

이렇게 말을 했는데 할머니와 할아버지들은 다르게 해석을 하셨다.

"내가 엄마와 함께 봉사하고 싶어 왔다."

봉사하는 건 맞지만 이유가 살짝 달라져 조금 당황했다. 그 순간 거기서 아니라고 말했지만, 아무런 말도 못 한 채 인정하는 분위기가 되어갔다. 그렇게 스물다섯 명쯤 되는 어르신들은 하나같이 나를 '효자네.' '엄마가 뿌듯하시겠네.' 등 나에 대한 칭찬들이 쏟아져 나왔다. 살짝 왜곡되었지만, 뭔가 기분은 좋았다. 이 기분 좋은 상태로 교육은 마무리가 되었다. 나는 집으로 돌아와 몇십 년 만에 일기를 써보았다. 뭔가 이 교육을 들으면서 하루하루 있었던 인상이 깊었던 일들을 기록하고 싶어졌다. 그렇게 나의 하루에 대한 이야기를 적어나갔다. 별로 인상이 안 깊었던 날들은 어떻게든 떠올려 몇 줄이라도 적었다. 이렇게라도 안 하면 하루를 허비한 느낌이었다. 그리고 그런 느낌이 들면, 그걸 메꾸려고 소설책을 펴 적어도 5장은 읽고 잔다. 이렇게도 하면 하루를 허비를 안 한 것 같은 느낌이 들었기 때문이다. 어떻게든 내가 일기는 적는 이유는 인상 깊었던 것도 있지만, 나를 사랑하는 방법과 하루에 대한 소중함을 느낌도 받아 적는 것도 있다. 혹시 하루를 허비하고 있다면 한 번 기록해보아라. 그러면 느껴질 것이다.

"네가 그토록 버린 하루는 누군가에게는 그토록 바란 하루라는 걸 말이다."

0. 척, 척, 척

　다음 주 수요일이 되고 호스피스 자원봉사자의 자격이 되어 엄마와 같이 한 병원에 향했다. 나는 당연히 수료증을 받으면 그냥 자연스럽게 수업에 배운 대로 그냥 하면 되는 줄 알았지만, 그게 아니었다. 여기 오기 전에 면접을 봤다. 그리고 합격을 한 뒤 오게 되었다. 그렇게 생소한 경험을 생각하며 병원 근처에 왔을 때, 엄마가 갑자기 나에게 물었다.

　- 수습과정 있는 거 알지?

　- 어?

　- 뭐야? 못 들었어?

　- 아니야. 알아.

　사실 내 기억에는 없었다. 물론 거기에서 하는 말을 안 자고 듣기는 했지만, 거의 낙서하거나 다른 생각해 제대로 기억하는 건 몇 개 없다. 그래서 지금 내 기억에 있는 건 5단계 심리 단계와 마사지 방법뿐이었다. 하지만 아는 척을 해야 했다. 사실 여기 오기 전에 한 번 엄마에게 혼이 나 이번에는 혼나기 싫었기 때문이다.

　그렇게 호스피스 병동에 도착했다. 물론 다른 봉사활동이랑 다른 줄은 알았지만, 이 정도까지 인지는 몰랐다. 호스피스 병동에 도착하고 봉사자 휴게실에 들어가니 캐비닛이 왼쪽과 오른쪽으로 쭉 나열되어있었고, 가운데 테이블 한 개가 놓여있었다. 가운데에 놓인 테이블에 한 열 명 정도가 옹기종기 모여 앉아 얘기하고 있거나 초록색 조끼와 분홍색 앞지마 같은 것을 입고 있었다. 엄마는 그들 사이에 밝은 목소리로 자신을 알렸다.

– 안녕하세요. 잘들 계셨어요?

그러자 입고 있던 어르신들은 도미노처럼 웃으며 밝은 목소리로 화답을 해주셨다.

"그럼요. 잘 지냈죠."

"네. 송이 씨는 갈수록 더 예뻐지신 것 같은데요."

도미노처럼 화답이 이어지다가 엄마 옆에 있던 나에게로 주제가 넘어갔다.

– 옆에 있는 애가 송이 씨 아들이에요?

– 네. 제 아들이에요.

뭔가 엄마가 자랑스럽게 나를 소개한 것 같아 기분은 좋았다. 그 상태로 나도 자연스럽게 열 분 정도 되는 어른들에게 인사드렸다.

– 안녕하세요. 주창용입니다.

도미노처럼 또 한 분씩 나의 인사를 받아주셨다. 인사 건넨 뒤 나는 엄마가 지정해준 캐비닛에 다가가 아무도 모르게 종이 가방을 넣었다. 오기 전 혼이 난 이유가 여기에 있었다. 사실 오기 전에 한 번 옷을 갈아입었다. 내가 아무런 생각 없이 검은 옷을 입고 나왔기 때문이다. 그리고 그런 내 모습을 보자마자 엄마는 화내며 한마디를 하셨다.

– 검은색 옷을 입으면 어떡해!

호스피스 병동에서는 검은색 옷은 입으면 안 된다. 검은색 옷은 장례식 느낌이 들기 때문이다. 이건 들었지만, 순간 까먹었다. 내 옷장에는 거의 검은색 옷뿐이었기 때문이다. 그렇게 나는 아무런 생각 없이 손에 잡히는대로 입고 나왔다. 그걸 뒤늦게 안 뒤, 서둘러 시장 안에 있는 만 원짜리 바지와 티를 샀다. 그 옷을 병원 화장실에서 갈아입고, 검은색 옷을 종이 가방에 쑤셔 넣었다.

그렇게 나는 캐비닛 안에 종이가방을 넣고 초록색 조끼를 꺼내 입었다. 엄마는 분홍색 조끼를 입었다. 나는 조끼를 입고 문 앞에서 나가려고 기다리니 엄마는 나를 붙잡고 어떤 한 할아버지를 소개를 해주셨다.

- 어디 가?

- 어?

- 수습 과정 겪어야 한다고 했잖아?

- 어. 엄마랑 같이하는 거 아니야?

엄마는 코를 한 번 크게 내뱉고 말했다.

- 내가 아니고 뒤쪽에 앉아 계시는 할아버지가 같이하실 거야. 제대로 해.

그렇게 말하고 엄마는 눈초리로 나를 한 번 때리고는 다른 자원봉사 분들이랑 같이 나가셨다. 나는 엄마의 나가는 뒷모습을 한없이 바라보았다. 그 순간 할아버지가 말을 꺼냈다.

- 오래 일한 선배 봉사자 옆에서 한 열두 번 정도 같이 일을 한다고 보면 돼요.

할아버지께서는 상황을 다 지켜봤는지, 엄마가 나가시고는 느닷없이 설명해주셨다. 그 소리에 고개를 돌려 뒤를 봤다. 할아버지께서는 등받이가 있고 바퀴 달린 의자에 커피를 한 잔 마시며 앉아계셨다. 나는 그 모습을 보고 습관적으로 허리 숙여 다시 한번 더 인사드렸다.

- 안녕하세요. 주창용이라고 합니다.

- 하하하. 안녕하세요. 저는 김창수라고 합니다.

김창수 할아버지께서는 내 모습이 웃겼는지 호쾌하게 웃으시면 나의 인사를 고개 숙여 받아주셨다. 다시 김창수 할아버지께서는 처음 한 얘기로 돌아가셨다.

- 제가 수습에 대해 한 번 더 설명해드리려고요.

- 아… 네?

- 필요 없으면 그냥 바로 일 시작 할까요?

- 아. 아닙니다. 죄송하지만 한 번만 더 설명해주세요.

나는 민망한 듯한 웃음 지으며, 김창수 할아버지께 설명을 부탁드렸드렸다. 그 순간 김창수 할아버지는 다른 의자를 앞으로 내밀며 앉으라는 손짓을 보냈다. 나는 그 손짓한 의자에 앉고, 김창수 할아버지가 하시는 말을 들었다.

- 오래 일한 선배 봉사자 옆에서 열두 번 정도 젊은이에게 일을 가르쳐 주면서 봉사자의 자격이 있는지 제가 점검해요. 그리고 제일 중요한 환자들 한 분 한 분 기록지 적는 걸 가르쳐 줄 거예요.

- 아… 넵. 잘 부탁드립니다.

- 네. 저도 잘 부탁드려요. 몸은 힘들지만, 보람은 있을 거예요.

그러고 보니 김창수 할아버지께서는 계속 나에게 말을 놓지 않고 계셨다. 나는 이 상황이 어색했다. 생각해보니, 인사할 때도 나에게 고개를 숙여 인사를 받아줬다. 그 생각에 뭔가 어른이 되면 이런 모습이지 싶었다. 그런 생각을 하며, 나는 편하게 말씀을 하시라고 말했다.

- 네. 알겠습니다. 그런데 말씀 편하게 하세요.

- 젊은이가 불편한가 보네. 근데 제가 처음 보는 사람에게 말을 막 놓는 게 습관이 안 되어 있어서 차차 말 놓을게요.

- 아. 네. 알겠습니다.

- 시간이 아까우니 그럼 이제 일어날까요?

- 네.

김창수 할아버지의 말이 끝나자마자 반사적으로 대답한 동시에 의자를 집어넣고는 문 열고 기다렸다. 순간 이런 내 모습이 낯설어 보였다. 내가 정말 좋아하는 사람 아니라면, 잘 보이려고 노력하지 않았다. 특히 처음 본 사람에게는 내가 먼저 움직여 행동하지 않았다. 어른이라고 해도 말이다. 그런데 지금 내가 먼저 나서서 잘 보이고 싶어 행동했는데, 기분이 나쁘지 않았다. 그냥 먼저 몸이 반응해 그런 것 같았다.

"다른 어른들과 달라던 걸 내 몸이 알았던 것일까?"

김창수 할아버지가 나가시고 뒤따라 나가면서 문을 닫았다. 문이 닫히는 동시에 내 주머니에서 진동이 울려 휴대전화를 꺼내 보았다. 그러니 나에게 문자 한 개가 왔다.

"사고 치지 말고. 일을 먼저 하려고 노력하고 무조건 견뎌."

문자의 주인공은 엄마였다. 엄마는 내가 자원봉사를 대충하고 김창수 할아버지에게 미운털이 박혀 떨어질까 봐. 협박 아닌 협박 문자를 보냈다. 그 문자를 본 뒤, 김창수 할아버지의 눈치를 봤다. 다행히 김창수 할아버지는 간호사분들이랑 얘기하는 듯 보였다. 이 틈에 나는 뒤돌며 답장을 보냈다.

"알겠다."

문자를 보내자마자 김창수 할아버지가 나를 부르셨다.

- 창용아. 빨리 와.

- 네.

종종걸음으로 빠르게 김창수 할아버지 옆쪽으로 갔다. 김창수 할아버지는 한 기록지를 보여주었다.

- 김말숙 환자분 보러 갈 건데 기록지 한 번 봐야지.

- 아. 네.

김창수 할아버지께서 건네주신 기록지를 보았다. 기록지에는 김말숙 환자분의 하루하루 심경변화와 특이사항들을 적어놓았다. 나는 그걸 읽으면서 먼저 주의할 점만 들여다보았다. 적혀 있는 걸 보니 우울감이 많이 빠져 있고, 아무것도 하기 싫어한다고 적혀 있었다. 이 점을 주의하며 심기를 건드리지 않도록 하며 들어갔다. 이론 수업에서 듣기도 하고 사진과 동영상을 찾아보기도 했지만, 실제로 와서 보니 무서웠다. 다른 감정들도 있었지만, 제일 처음 든 감정은 '무서웠다.'라는 게 가장 나에게 맞는 표현인 것 같다. 들어가자마자 보인 건 하나같이 하얀 관을 목 또는 코에 끼우고 있었으며, 몇 명은 몸이 거의 뼈가 다 보일 정도로 메말라 있는 걸 보니 살아있다는 느낌이 아니었다. 꼭 하얀 관과 기계들이 그들을 살아있게 해주는 것으로 보였기 때문이다. 그런 느낌이 들어서 나는 그들을 똑바로 못 쳐다보고 눈을 바닥으로 숙였다. 도저히 누워있는 그분들을 마주할 용기가 없었다. 뭔가 쳐다보면 실례일 것 같은 느낌도 들었다. 하지만 김창수 할아버지께서는 주변의 환자분들과 익숙하게 인사하면서, 김말숙 환자분께 다가갔다. 그 모습에 일단 뒤따라갔다.

김말숙 환자분도 몸이 메말라 있었다. 김말숙 환자분 옆에는 보호자인 딸이 서 있었다. 지금은 누군가의 엄마가 되어 있었다고, 할아버지께서 말해주었다. 김말숙 환자분의 보호자는 우리에게 인사를 건넸다. 우리도 따라 인사를 건넸다. 김창수 할아버지께서는 김말숙 환자분은 자는 모습 보고는 능숙하게 보호자에게 말을 건넸다.

- 일주일 동안 잘 지내셨어요?

그러자 보호자가 대답했다.

- 네. 어르신도 잘 지내셨나요?

- 네. 전 항상 잘 지냈죠. 제가 왔으니 잠시 집에 쉬다가 오세요. 제가 옆에서 돌봐 볼게요.

- 감사합니다.

김창수 할아버지와 김말숙 환자분의 보호자는 맨날 있는 일인 듯, 자연스럽게 이야기가 흘러나왔다. 그러더니 보호자는 짐을 몇 개 들고 일어나 나가면서 나랑 다시 한번 더 눈이 마주쳤다. 분명 방금 처음 봤다고 인사했는데도, 또 눈이 마주쳐 나도 모르게 아무런 말도 없이 고개 숙이며 인사했다. 보호자도 똑같이 고개 숙이며 인사하며 집으로 갔다. 분명 아까 들을 때 몇십 명이 되는 환자를 봐야 한다고 들었다. 나는 김말숙 환자분이 깨지 않게 조용히 얘기했다.

- 이러면 다른 환자분들은 못 보는 거 아닌가요?

- 맞아. 그렇지만 이것도 우리의 역할인 거야. 여기 있는 환자분들도 힘이 들지만, 보호자들도 만만치 않은 힘이 들거든.

- 아. 네. 어…. 그러면 전 뭐 해야 할까요?

- 김말숙 환자분도 지금 주무시고 있는 것 같은데 그냥 조용히 앉아 있으며 내 말동무나 돼줘.

- 아… 네.

큰일 났다. 낯가림이 심해 처음 보는 사람과 어떻게 대화를 풀어나가는 방법을 모른다. 예전 이 심각성은 해결하러 먼저 다가가려고 노력했지만, 이상하게 자꾸 상황은 꼬여가기만 했다. 결국 내가 먼저 다가간 사람과는 사이가 안 좋게 끝났다. 그런 계기로 누가 와주기만을 기다렸다. 이런 기다림은 내가 혼자 되게 만들어줬다. 더불어 자연스럽게 세상에 대한 벽도 쌓았다. 그렇게 계속 시도해보지 않고 시간은 흘러 지금 이런 상황이 되니 '계속 해볼 걸'하며 후회하고 있다. 더군다나 김창수 할아버지의 시선이 꼭 내 안면기형을 보는 것처럼 느껴져 긴장도 되어갔다. 결국 그 시선과 상황들로 인해 자꾸 이상한 생각만 하게 만들었다.

'구순구개열에 대해 이야기하고 있나?'

'티가 많이 나나?'

'도망가고 싶다.'

결국 이상한 생각에 사로잡혀 내 얼굴 보고 흉보고 있다고 생각하게 했다. 알고 있다. 대부분 사람은 내 얼굴에 관심이 없다. 다들 자기 삶을 사느라 남 신경을 별로 안 쓴다고. 알고 있다고 최면을 걸어 봐도 쉽지 않았다. 나는 자꾸 이 세상의 주인공이라는 생각이 쉽게 사라지지 않았기 때문이다. 이 생각 때문인가, 모르는 사이에 벌써 나는 할아버지와 사이에 벽을 만들고 있었다. 다시 학창시절처럼 상처 받기 싫어한 행동은 어느새 내 우물을 썩게 만들었다. 나는 그 우물을 바꿔야 하는 걸 알았지만, 방법을 몰랐다. 결국 그렇게 방치한 우물은 썩을 대로 썩어 주위에는 아무도 없었고, 지금 이 상황을 만들어 버렸다. 나는 아무런 말도 못 하고 손톱을 만지고 있었는데, 김창수 할아버지께서 먼저 말씀을 거셨다.

- 창용이는 왜 여기 봉사하게 되었나?

아까 내 얼굴을 뚫어지게 쳐다보아서, 당연히 얼굴에 대해 물어보실 줄 알았다. 하지만 다른 걸 물어봤다는 안도감에 손톱을 만지는 걸 멈추고 대답을 했다.

- 어머니가 호스피스 완화의료 자원봉사를 하시는데 저도 같이하자고 해서 어머니 따라왔어요.

- 그래. 아직 제대로는 안 했지만 그래도 느낌은 어때?

- 아직 잘 모르겠어요. 그런데 그것보다 일반적으로 알고 있던 봉사 활동과 달라서 조금 놀랐어요. 그리고 여기 병동에 들어와서 환자분들을 보고 조금 충격 받았어요. 어느 정도 동영상과 교육을 듣고 보고했는데 이 정도일지는 잘 몰랐어요.

- 그래? ….

김창수 할아버지는 갑자기 씁쓸한 얼굴을 지으셨다. 그 모습 보고 잘 못 말한 것 같았다. 나는 재빨리 다른 주제로 돌리려고 했다. 그런데 뭐라고 불러드려야 할지 몰랐다.

- 저…. 죄송한데. 뭐라고 불러야 할까요? 제가 잘 몰라서요.

그러자 김창수 할아버지께서는 내가 한 질문이 웃겼는지, 씁쓸한 얼굴은 사라지고 웃음 지으시고 대답해주셨다.

- 뭘 죄송하나. 함부로 죄송하다는 말을 남발하지 말게. 그러면 정말 계속 죄송스러운 일만 하게 될 테니깐.

- 아. 네. 죄송합… 아니… 그게 아니고….

습관적으로 '죄송합니다.'라고 나오려고 했다가 멈췄는데, 뭐라고 끝을 내야 할지 몰랐다. 김창수 할아버지께서는 다시 그 말을 듣고는 인상을 살짝 찌푸리면 얘기하셨다.

- 또 그러네. 평소에도 죄송하다는 말이 습관이 되어있나?

갑자기 대화 주제가 다른 데로 넘어갔다는 생각에 당황하면서도, 김창수 할아버지의 질문에 생각하기 시작했다. 내가 말하는 거에 생각해본 적이 거의 없었다. 누가 내 말에 지적한 것은 발음뿐이었지, 습관에 대해 말해준 사람은 아무도 없었기 때문이다. 할아버지의 질문에 생각하고 있는데 김창수 할아버지께서는 다시 물어봤다.

- 한 번도 생각해본 적이 없구나? 아니면 누구도 젊은이 나쁜 습관에 대해 말해주지 않았나?

김창수 할아버지는 연륜이었는지, 내가 방금 생각해본 적이 없는 것과 누구도 내 습관에 대해 말해주는 사람이 없는 걸 한눈에 알아차렸다. 정곡이 찔린 나의 대답은 한마디밖에 없었다.

- 네.

- 자네가 불편하고 싫어할 수가 있는데, 내 말을 한번 듣고 생각해줬으면 좋겠네. 요즘 말로 꼰대라는 말을 할 수도 있지만 말이야.

- 네? 아닙니다.

순간 뜨끔했다.

- 하하하. 그래. 꼰대 짓 한 번만 하겠네. 좋게 봐주면 좋고.

- 네. 괜찮습니다.

- 아까 했던 말인데 자네가 왜 죄송하다고 하는지 생각을 해본 적이 있나?

- 네? 어…. 그냥…. 잠시 생각해봤는데요. 그냥 분위기에 그 말을 해야 할 것 같고, 그냥 편하기도 하고, 상황을 좋게 넘어갈 수 있어서 그런 것 같아요.

- 그래? 내가 지금 하는 말을 무조건 하라는 건 아니고, 참고만 하라는 거라네. 그냥 조금이라도 도움이 되고 싶어서 말이지. 내가 본 자네는 자존감이 부족한 것 같은데, 죄송하다는 말은 입에 붙어 있는 것 같아. 그

렇게 나오는 말은 마음에서 나오는 게 아니라는 건 같은데? 맞나?

- 어…. 네.

사실을 들킨 것 같았다. 나는 이 상황을 벗어나려 민망한 웃음을 지으며, 김창수 할아버지의 눈길을 피했다.

- 그건 자네가 마음만 앞섰기 때문이라고 생각하네. 지나치게 앞서 행동하면 누구나 실수하기 마련이고 결국 입에선 죄송하다는 말밖에 없지. 그리고 그걸 상대방이 들으면 어떻게 생각할까?

단 한 번도 상대방에 대해서도 생각해본 적이 없다.

- 음…. 그냥 넘어가지 않을까요?

- 아니. 현실은 자네를 만만하게 볼 거라네. 그 말 할때는 꼭 다음에는 그런 행동을 하면 안 되네. 물론 자존심만 있는 사람은 이런 말도 못하지. 자네는 자존감이 부족하지만, 자신의 실수를 인정하는 사람이야. 즉 내 말은 그 말을 하면서 기죽지 말라고 노파심으로 말하는 거야.

뭔가 한 대 얻어맞은 것 같다. 생각해본 적은 있다. 왜 자꾸 사람들이 나를 약하게 볼까라는 생각하고 내린 결론은 '얼굴'이었다. 이 내린 결론을 가지고 사람들을 대하니 나를 약하게 보았다. 나는 이럴 때마다 피하거나 어쩔 수 없다는 식으로 당하기만 했다. 그런데 김창수 할아버지의 말에 대한 태도를 말해 준 뒤, 내가 평소에 생각하고 행동했던 게 잘못된 걸 알았다. 그렇게 나는 그 말에 한 대를 얻어맞고 뻗었다. 그리고 말에 대한 행동과 마음가짐을 다시 생각하게 되었다. 이렇게 생각을 정리하고 있는 도중 김말숙 환자가 깨어나셨다. 그걸 김창수 할아버지는 알아채시고는 나의 어깨를 두드리면 일어났다. 김창수 할아버지는 김말숙 환자분의 눈을 마주치며 얘기하기 시작했다. 하지만 김말숙 환자분은 대꾸는 안 한 채 눈만 깜빡거리며 김창수 할아버지의 말씀만 듣고 계셨다. 그런 모습으로 김말숙 환자분의 눈이 깜박일때마다 아직 살아있다는 생각은 했지만, 대꾸도 없이 수많은 하얀 관들과 누워 있는 걸 보니 '정말 살아있는 게 맞나?'라는 의심도 들었다.

그래도 나는 움직여야 했기에 김창수 할아버지 옆에 가서 가벼운 인사드리고는 교육에서 배운 마사지를 시작했다. 김창수 할아버지는 마사지하면서도 김말숙 환자분께 계속 말을 걸었지만, 김말숙 환자분은 아무런 말도 하지 않았다. 아니 하지 못했다. 그 모습에 나는 정말 정신이 있는지도 의심스러웠지만, 지금 내가 할 수 있는 것만 했다. 그러다가 간호사분이 오셔서 김말숙 환자분의 상태를 가셨다. 그 순간에도 김창수 할아버지는 포기하지 않고 이런저런 말씀하셨다. 나는 그런 할아버지를 보고 있는데, 그 모습이 벽과 얘기하는 것 같았다. 그리고는 김말숙 환자분이 갑자기 눈을 감아버리셨다. 나는 그 모습 보고 김말숙 환자분에게 '너무하다.'라는 생각했다. 우리가 도와주러 왔는데, 그냥 눈을 감아버리다니 나는 이해하지 못했다. 그런데 김창수 할아버지는 아무렇지 않은 듯 웃으며 마무리 지었다.

– 다음번에는 재미있는 이야기 또 들고 올게.

그런데 끝까지 할아버지가 하시는 말을 듣지 않는 걸 보고 생각했다.

"아무리 아픈 환자라고 하지만 이렇게까지 대하다니. 이렇게까지 봉사활동을 해야 하나?"

나는 기분이 상한 상태로 할아버지를 보았다. 김창수 할아버지는 아무렇지 않은 듯 동그란 바퀴 달린 의자에 다시 앉았다. 그 모습에 나도 옆에 앉았다. 그리고는 그전에 못 들은 답을 들으러 질문을 다시 꺼냈다.

- 저… 죄송하지만 뭐라고 불러야 할까요? 호칭을 어떻게 해야 할지 잘 몰라서요.

- 음…. 선배님이라고 불러요. 제가 가르쳐주고 있는 거니깐.

김창수 할아버지 아니 선배님이 웃으시는 걸 보니 내가 질문을 잘했다고 생각한 뒤 내심 궁금했던 걸 물었다.

- 선배님께서는 어떻게 자원봉사 했는지 물어봐도 될까요?

뭔가 질문이 이상했다. 예의 차리려고 했지만, 답은 무조건 듣고 싶어 하는 게, 내가 방금 했던 말이 '정말 예의가 있는 질문이었나?'라는 생각을 했다. 내 생각과 달리 다행히 김창수 할아버지는 흔쾌히 답변을 해주셨다.

- 희정이가 72세의 젊은 나이에 호스피스 병동에 있다가 돌아갔어요.

- 네?

갑자기 어떤 사람의 이름을 말하고 죽음을 얘기하니, 순간 이해하지 못했다. 하지만 이내 이해할 수 있게 설명해주셨다. 그 설명을 듣고 난 뒤 내가 먼저 말을 꺼낸 걸 후회했다.

- 윤희정이라고 내 아내예요.

김창수 할아버지는 쓸쓸한 웃음이라고 해야 하나. 환한 웃음이라고 해야 하나. 어떤 웃음인지는 몰랐지만, 누구를 추억하고 웃고 있다는 건 느껴졌다. 그 웃음보고 지금의 나는 당황스러움과 같이 어떻게든 수습하고 싶다는 생각이 컸다. 너무 죄송스러웠다. 궁금한 것 맞았지만 이런 이유가 있는 줄 몰랐다. 정말 생각 없이 말한 것 같아 김창수 할아버지에게 죄송함을 드러냈다.

- 죄송합니다. 아픈 기억이 있을 신 줄은 몰랐어요.

- 또. 말했네. 이번에는 그 말을 할 때 생각을 해봤나?

할아버지는 살짝 웃으시며 대답하는 모습에 나도 웃으며 대답했다.

- 네. 생각해 봤어요. 이번에는 정말 죄송스러웠어요.

김창수 할아버지의 얼굴을 보고 기가 죽었지만 끝까지 말은 이어갔다.

- 내가 아프고 불편하면 대답을 안 한다고 했겠지. 내가 말했다는 건 불편하지 않은 질문이었기에 말한 거야.

그러고는 다시 김창수 할아버지는 말씀을 이어가셨다.

- 사실 처음에는 호스피스 병동에 대해서 잘 몰랐다네. 희정이 때문에 알게 된 거야. 어느 날 아내가 아프다고 한 거야. 그때는 일에 빠져 있어, 아내에게 이렇게 말했지. "말로만 아프다고 하지 말고 한 번 병원 가봐."

김창수 할아버지의 눈에는 이슬이 하나하나 맺히고 있는 걸 보고 나는 눈을 피했다. 그러고는 할아버지의 말씀을 묵묵히 들을 뿐이었다.

- 그리고 나에게 벌이 찾아왔지. 새벽에 자고 있는데, 갑자기 누가 소리 지르는 거야. 일어나보니 내 옆에 있어야 하는 아내가 안 보이는 거야. 나는 잠결에 정신 못 차리면서, 일단 소리가 나는 방향으로 침대 밑을 봤지. 그랬더니 희정이가 배 잡고 식은땀 흘리면서, 고통을 호소하고 있었어. 나는 어떻게 할 줄 모르는 어린애처럼 바로 보다가 바닥에 피로 물들어 있는 걸 보고 정신 차렸지. 바로 이불 차고 내려가 피로 물든 희정이를 잡고 '괜찮냐고?'라고 연신 물어봤어.

김창수 할아버지의 목소리에서는 후회 섞인 목소리와 울먹이는 목소리가 같이 나오고 있었다. 이내 깊은 한숨을 내뱉으며 진정하려는 듯한 모습을 보였다. 나는 그 모습 보고 너무 힘든 신 것 같아, 김창수 할아버지의 눈을 보면서 말했다.

- 너무 힘드신 거면 말씀 안 하셔도 돼요. 제가 다른 이야기가 있는데 얘기해드릴까요?

사실 이야기는 없었다. 단지 벗어나고 싶어서 있는 척했다. 재빠르게 머리를 굴렸더니 내가 할 수 있는 얘기는 서울에 있었던 이야기밖에 없었다. 그랬는데 김창수 할아버지께서 먼저 입을 떼셨다.

- 아니. 잠시 감정이 올라왔던 것뿐이야. 이제 얘기를 할 사람이 젊은 이밖에 없어서 그래.

- 네? 그게 무슨…. 왜 저밖에 없어요?

부담스러움과 당황스러움이 한꺼번에 밀려와서 얼떨결에 물었다. 김 창수 할아버지는 아무렇지 않은 듯 대답했다.

- 그냥. 마지막으로 내 목소리를 들어줄 사람이 자네밖에 없어서 그러네. 그러니 한 번만 들어주게.

마지막이라는 말을 들으니 더욱 부담스러웠지만, 거절할 수가 없어 괜찮다고 말해버렸다.

- 아…. 네… 알겠습니다.

그러고 나서 다시 이야기를 이어나가셨다.

- 고맙네…. 그렇게 붙잡고 하다 119에 전화해 응급차가 도착하고 병원에 갔지. 그리고 알게 되었어. 자궁암 말기라는 걸 말이지. 나는 인정할 수가 없었어. 그래서 이 병원 저 병원 다니면서 검사를 받았지. 그러면서 자꾸 아픈 사람한테 화를 냈어. "왜 몸을 이 지경까지 만들었어." 흠…. 희정이한테 미안하다고 말을 못 하고 말이지. 그때 내가 얼마나 추해 보였을까? 하지만 희정이는 웃으며 말했어.

"그때 갔을 때 너무 늦었었요. 저도 혹시나 하고 다른 데 가보니 다 똑같은 결과가 나왔어요."

나는 그 말에 듣고 더욱 화가 나서 말했지.

- 그래서 지금 나에게 말도 안 하고 멋대로 포기한 거야. 나한테는 언제 말하려고 했어?

그러자 희정이가 아무 말도 못 하게 내 입을 막았어.

"병원에 입원하기 전까지 그냥 평범하게 내 남편이랑 같이 있고 싶었어요."

- 희정이는 이 말 하고 참고 있던 눈물을 흘렸고 병원에 입원했지.

그렇게 말씀을 하시고 김창수 할아버지는 지갑에 한 사진을 나에게 보여주면 말했다.

- 예쁘지? 희정이 내 아내야.

- 아. 네.

나는 그 사진 보면서 말했다. 웃고 있는 얼굴에 주름은 깊게 있었지만, 그 주름은 오히려 그녀를 더욱 아름답게 만들어주는 듯했다. 그런 탓인지 결코 이때 나이가 62세의 나이로는 느껴지지 않았다. 이런 느낌의 사람을 사진이지만, 처음 봐서 얼떨결에 민망할 수 있는 말이 나왔다.

- 정말 예쁘시네요.

이 말을 살짝 후회했다. 너무 주책 떠는 것으로 보였으면, 어떡하지라는 생각을 했기 때문이다. 이 말 하고는 할아버지의 눈치를 살폈다.

- 그래. 예쁘지. 예뻐. 대학교 동기인데 입학식 날 너무 이뻐서 한눈에 반했지. 그런데 경쟁자가 너무 많았어. 그런데 그 많은 남자 중에 희정이는 나를 선택해줬어.

김창수 할아버지는 어깨가 올라간 듯, 자신감 넘치는 목소리로 말하고는 다시 이야기로 돌아왔다.

- 내가 어디까지 이야기를 했지?

- 어. 병원에 입원하는 데까지 이야기를 하셨습니다.

얼떨결에 대답했다.

- 아. 그래. 희정이가 병원에 입원했지. 머리카락은 다 잘라 나서 추울까 봐, 털모자를 사줬지. 그때가 겨울이었거든. 털모자 들고 병실에 들어가니 침상에 누워있는 희진이한테 하얀 관 같은 것을 온몸에 끼우는 거야. 그 야윈 몸이 들어갈 때가 어디 있다고, 더군다나 주삿바늘을 얼마나 놓던지 차마 곁을 지키지 못했어. 희정이는 처음으로 내 앞에서 아픔을 못 참고 울고 짖고 있는데 그 모습도 차마 못 보겠더라고⋯. 그런 희정이의 모습을 처음 봤거든.

- 아⋯⋯.

도저히 뭐라고 반응을 해야 할지 몰라서 안타까움 목소리만 나오고 있었다. 김창수 할아버지는 내 상황을 아는지 모르는지 이야기를 이어 나갔다.

- 그리고 그렇게 누워서 자는 희정이를 보고 얼마나 많이 울었는지. 그때만큼 울었던 기억은 없었어. 나는 여러 주삿바늘이 끼워져 있는 희정이를 보는 순간 허망함이 밀려오는 거야. 그런데⋯.

나도 모르게 이야기에 빠져 듣고 있는데, 김말숙 환자의 보호자가 오셨다.

- 감사합니다. 별일 없었나요?

김창수 할아버지께서는 말하는 것을 멈추시고는 보호자를 반겨주셨다.

- 네. 조금 더 쉬시다 오셔도 되는데 빨리 오셨네요.

- 아니요. 집에 혼자 있어도 딱히 잠도 안 와서 씻고 밀린 집안일만 하고 왔어요. 감사합니다.

- 아니에요. 제가 하고 싶어서 하는 건데요.

나는 뒷 이야기를 더 듣고 싶었지만, 자리를 뜰 수 밖에 없었다. 다른 환자분에게도 가야했기 때문이다. 나름대로 열심히 돌았지만, 우리를 거부하는 환자분들이 있을 때마다 나는 기운이 빠졌다. 하지만 김창수 할아버지는 한명 한명씩 웃으며 인사를 한 뒤 다른 환자분에게 가셨다. 나는 그 환자분을 어이가 없다는 표정 지으며 김창수 할아버지를 뒤따라 나갔다. 쉴 새 없이 김말숙 환자분부터 해서 10명 정도를 봤다. 그렇게 정신없이 돌았나. 끝날 시간이 다가왔다. 우리는 한 분 한 분 적은 기록지를 간호사님에게 건네주고, 봉사자 휴게실에 들어가니 엄마가 있었다. 그 순간 나는 고개를 돌렸다.

조금 전 봉사하고 있을 때 엄마와 한 번씩 오고 가면서 마주쳤지만, 엄마는 나의 눈길 피해 환자분을 돌보실 뿐이었다. 그러면서 '아는 척은 할 수가 있을 텐데.'라는 생각을 하고 있는데, 할아버지에게는 인사 하는 모습을 보고는 서운함이 밀려왔다. 그리고는 나에게는 똑바로 하는 눈빛만 보내고서 돌아섰다. 그게 아직 앙금이 남아있어, 나는 엄마를 보지 않은 채 조끼를 벗어 캐비닛에 넣고는 종이가방만 꺼낸 뒤 일부로 조금 큰 소리로 김창수 할아버지에게 인사드렸다.

- 다음 주에 뵙겠습니다.

- 그래. 수고했어요.

나는 먼저 문밖에서 쪼그려 앉으며, 나의 기분이 상한 듯한 액션을 취

하며 엄마를 기다렸다. 그 순간 봉사자 휴게실 안에서 엄마의 인사하는 목소리가 들려와, 일부러 스마트폰을 보는 척하며 태연하게 엄마가 나오길 기다렸다. 그 순간 엄마가 밖으로 나오셨다.

- 가자.

내가 먼저 선수 치려고 준비하고 있었는데, 엄마는 내 마음을 아는지 모르는지 아무렇지 않게 말했다. 결국 못 이긴 채 아까 서운했던 것을 말했다.

- 왜 아는 척을 안 해?

그러자 또 엄마는 아무렇지 않게 얘기했다.

- 집으로 가서 밥부터 먼저 먹자. 배고프다.

갑자기 그 말을 들으니 배가 고파졌다. 병원 밖에 나오니 어느덧 환했던 거리는 어두워진 밤거리로 바뀌어져있었다. 생각해보니 우리가 언제 같이 집으로 걸어간 게 기억이 없었다. 나는 오랜만에 엄마와 걸어가는 것 같아, 한 마디를 건넸다.

- 엄마는 뭐했어? 나하고 똑같이 돌봐줘서?

- 돌봐준 게 아니고 잠시 도와준 거야.

- 그게 그거잖아.

- 달라. 그 사람 입장에서 생각해봐.

- 뭐가 달라. 그게 그거잖아.

언제 인지 기억도 없는 엄마와 같이 걸어가면서 얘기하고 있지만, 뭔가 자꾸 꼬이는 느낌이었다.

- 달라. 엄마가 하고 싶은 말은 그 사람의 입장에시 한 번도 생각해보지 않았다는 거야. 아까 전에 어떤 환자분이 자기한테 오는 걸 거부했을

때 너 표정 어떻게 했어?

- 뭐? 내가 뭐 어떻게 했는데?

순간 찔렸다. 아무도 몰랐을 줄 알았다. 방금 전 나는 거부하는 환자를 보고 얼굴을 찌푸렸다. 그리고는 주위의 사람이 있다는 걸 알고 바로 인상을 풀었다. 그런데 그 순간을 엄마가 본 것 같았다. 나는 틀켰다는 마음에 불안하고 무서웠다. 나의 이중적인 내 모습을 보고 나에 대한 애정이 사라질까 봐.

- 집에 가서 얘기하자.

분명 얘기하며 갈려고 꺼냈는데, 어디서부터 잘 못 되었는지 아무런 말 없이 걸어갔다. 나는 언제 같이 집에 들어가지 기억도 없는 길을 감정이 쌓인 채 집에 도착했다. 집에 들어가자마자 나는 방으로 향했고, 엄마는 음식 준비하러 부엌으로 향했다. 나는 방에서 속옷과 잠옷을 들고 화장실로 들어가 샤워하고 나오니 어느새 음식들이 차려 쳐 있었다.

- 앉아서 일단 밥 먹어.

아무런 말 없이 앉아 차려진 음식을 먹기 시작했다. 나는 오랜만에 둘이서 먹는 음식이여서 그런지 고요했지만 적막진 않았고, 보일러는 방금 틀어 추웠지만 마음만은 포근했다. 평소였으면 빨리 먹었겠지만, 지금은 천천히 음식의 맛을 알고 먹고 있다. 지금 이 순간이 나는 너무 좋았다. 하지만 아까 전 오면서 얘기한 것 때문에, 이 분위기를 다 깨버리고 말았다.

- 오면서 했던 말인데 아까 환자분이 거절 의사를 내비치니 인상 찌푸렸지 그걸 왜 했어?

- 아니. 왔는데 손짓으로 가라고 하잖아. 도우러 왔는데.

- 그 사람이 그렇게 왜 한 거 같은지는 생각해봤니?

- 뭐 그때 기분이 안 좋았겠지.

- 그래. 왜 기분이 안 좋았는지 묻잖아.

- 내가 그걸 왜 알아야 되는데? 도우러 왔는데.

- 알아야지. 엄마가 강요했지만 어찌됐든 아들이 직접 선택했잖아. 그러면 알아야지. 어떻게 해야 되는지.

- 그것보다 우리 얼마 만에 같이 집에 왔고 같이 밥을 먹는지 알아? 갑자기 그게 왜 중요한 건데?

언제인지 기억도 나지 않을 만큼, 오랜만에 온종일 같이 있었다. 이런 날에 집에 오면서, 밥을 먹으면서 한 것은 말다툼뿐이었다. 나는 이 상황이 싫어 끝내고 싶었지만, 엄마는 끝낼 생각이 없어 보였다.

- 아들은 오늘 아무것도 얻은 게 없나 보네.

- 내가 거기에서 뭘 얻어야 하는데?

- 내일 아침에 누구 만나야 하는데 너도 같이 가자.

- 갑자기?

- 그래. 갑자기.

- 누군데?

- 가보면 알아. 밥 먹자.

얼마 만에 같이 먹는 밥인데도, 결국 아무런 말 없이 밥을 먹고 따로 일어났다. 거실에서 따로 앉아 티브이를 보고 있었다. 나는 엄마가 깎아준 과일을 먹으면서, 아무런 말 없이 티브이를 보다가 거실에 달린 벽걸이 시계를 보았다. 시간은 어느덧 자정이 넘어가고 있었다. 그 순간 잠이 밀려와 내 방으로 가려고 일어났다. 엄마는 내가 일어나는 걸 본체만체 전

기장판에 누워 티브이를 보았다. 하지만 엄마 눈꺼풀은 무거운 듯 지그시 잠기는 모습이 보였다. 그 모습에 웃음이 나면서, 혹시나 하는 마음에 말했다.

- 전기장판 따뜻해?
- 따뜻해.
- 그럼 오늘 나도 전기장판에서 같이 잘까?
- 침대에서 자. 침대에 작은 전기장판 한 개 넣어놨잖아.
- 어… 알겠어….

민망함이 밀려왔다. 나는 얼른 방에 들어가 침대에 누웠다. 불을 끈 방 안에 오늘도 변함없이 스마트폰을 켜 사고사에 대해 알아보려고 했지만, 봉사활동을 하면서 요즘 그런 쪽으로 검색을 못하고 있다. 분명 아무런 관계도 없는 사람인데, 이상하게 죄책감이 들었기 때문이다. 결국, 휴대전화를 꺼내 한 것은 일기 적는 것뿐이었다. 일기 적고 나는 잠이 들었다. 다음날 되고 학생이 된 것처럼 엄마의 목소리가 들렸다.

- 일어나서 밥 먹어.

엄마는 내 방을 벌컥 열더니, 다시 한번 말했다.

- 빨리 나가야 하니깐. 밥 먹고 씻어.

나는 옆에 있는 스마트폰을 켜 시간을 확인했다. 지금 시간 오전 06:00 이른 시간에 도대체 어디를 간다고 일찍 깨우는지 겨우 몸을 일으켜 거실로 나갔다. 씻고 난 뒤 식탁에 앉아 밥을 먹다 보니, 내가 언제 아침밥을 먹고 등교나 출근했는지 기억이 없었다. 나름대로 아침 먹고 준비하니 몸이 평소보다 든든한 느낌이었다. 든든한 느낌으로 엄마 따라나섰다. 엄마 가게를 향하는지 알았지만, 아침부터 지하철을 탔다. 출근시간과 등교 시간 때여서 그런지 사람들이 꽤 비볐고, 그사이에 끼여 영문도 모른 채 서 있었다. 나는 도대체 누구 보러 가는지도 모르고, 목적지도 모른 채 엄마 따라 무작정 지하철을 타고 가고 있었다. 나는 지금 이 상황이 너무 답답했지만, 최대한 마음을 가라앉히고 숨죽여 엄마에게 물었다.

- 도대체 누구 만나러 가는데? 말 좀 해도. 답답해 죽겠다.

- 그냥 기다려. 엄마가 내리라고 할 때 내려.

얼마 동안 기다렸을까. 한 역에서 문이 열리고 사람들이 내리고 올라타는데, 마지막에 휠체어를 탄 한 분이 타지 못하고 우리를 쳐다보았다. 그 모습 보고 지하철 안에 있던 사람들은 나와 똑같이 느꼈는지, 뒤로 밀고 있었지만 탈 자리가 안 났는지 그대로 지하철 문이 닫히고 휠체어 탄 사람을 놔두고 가버렸다. 뜬금없지만 정말 오랜만에 본 것 같다. 지하철에서 휠체어를 탄 사람을 말이다. 덩달아 오랜만에 들은 것 같다. 장애인에 대한 잘못된 편견을.

"아 사람 이렇게 많은데 굳이 타려고 기다려. 그냥 다음번에 왔을 때 타면 되지."

문제는 그 순간 나도 이 말에 동의가 되었는지, 잠시 고개를 끄덕이는 내 모습이 지하철 문 거울에 그대로 비춰줬다. 그 모습을 본 순간 고개를 멈추고 잠시 엄마를 쳐다보았다. 엄마는 무표정한 얼굴로 있다가, 다음 역에 대한 안내가 흘러나오니 그 무표정한 얼굴로 답답했던 내 속을 뚫리게 만들어 줬다.

- 이제 내려.

- 알겠어. 어디 가는데?

- 내리면 말해줄게.

- 하….

나는 다시 답답함이 밀려오면서 깊은 한숨을 내뱉었다. 그 한숨과 같이 다음 역에서 내렸다.

- 어디 가는데?

- 반대편 지하철 타자. 그 사람 봤는데 안 탔네. 다시 그 사람 보러 가야 해.

- 뭐? 누구? 그러면 그때 말했어야지. 하….

엄마는 미안한 기색이 없는 듯 얘기했고, 나는 지금 뭐 하는 상황인지 답답한 마음이 차올랐다. 이윽고 엄마는 반대편 지하철 기다리면서 이상한 소리를 했다.

- 조금 전 휠체어 탄 사람 봤지.

- 뭐?

- 조금 전 그 사람 지금 지하철 탔을 것 같아?

- 몰라. 타지 않았을까?

- 내기해볼래?

- 갑자기?

- 그 사람이 탔을지 안 탔을지?

- 그런 내기를 왜 해?

- 그럼 빨리 직장을 구하던가?

- 갑자기 직장 얘기는 왜 나와? 알겠어. 엄마는 뭔데?

- 안 탔다.

- 왜 안타. 난 탔다.

되돌아가는 지하철이 오는데 나는 타지 않고 기다리고 있었다. 그 순간 엄마가 지하철이 오니 바로 타버렸다. 나는 그 모습을 보고 당황도 잠시 엄마 뒤따라 탔다. 그리고 엄마에게 물었다.

- 아니 내기한다며. 이거 타며 어떡하는데?

- 내 말이 맞는 거 보여주려고.

내기하자고 했을 때 무슨 어린애 장난인 줄 알았는데, 지금 보니 엄마는 진지한 얼굴을 하고 전 지하철역에 내렸다. 나는 당연히 갔다고 생각해 지금 이게 무슨 헛고생을 하고 있는지 엄마에게 말했다.

- 갔다니깐.

엄마는 내 말은 들은 채 않고 한 곳을 가리켰다. 나는 엄마가 가리킨 손을 따라 고개 돌렸고 그 자리에 아직 타고 있지 않은 그 사람이 있었다. 엄마는 그 사람에게 가면서 나에게 말했다.

- 따라와.

그 사람은 머리가 파마한 듯 투 블록으로 되어 있으며, 얼굴은 공룡 상으로 뚜렷한 이목구비로 남자가 봐도 잘 생긴 얼굴이었다. 모든 게 완벽해보였지만, 딱 한 가지 안타까운 게 휠체어에 앉아있다는 것이다. 더구나 내 키가 178cm정도인데, 분명 이 분이 일어나면 내보다 큰 키 일것 같았다. 가까이서 자세히 보니 상체는 운동한 듯 몸도 좋아보였다. 상체는 움직일 수도 있는 것으로 보였지만, 하체가 미동이 없었다. 즉 하체 위쪽으로만 보면 모든 것이 완벽해 보이는 남자였다.

그렇게 나는 그 사람을 몰래 쳐다보았다. 반대로 엄마는 그 사람을 아는 것 같아보였다. 하지만 말을 걸지 않고 지켜보는 것 같았다. 다시 지하철이 들어왔고, 휠체어 탄 사람은 움직였다. 그에 따라 엄마도 움직이면서 나도 따라 움직였다. 이번에는 그분은 지하철을 탔다. 엄마와 나도 뒤따라 탔다. 하지만 휠체어 탄 사람은 입구 한 가운데 서서 오도 가도 못하고 있었다. 알고 보니, 휠체어, 유모차 자리에 배낭과 어떤 사람이 그 자리를 차지하고 있었다. 배낭을 놓은 건 노약자석에 앉아계시는 할아버지 두 분인 것으로 보였다. 휠체어, 유모차에 서 계시는 어르신은 다른 일행처럼 보였다. 그런데 이 어르신은 휠체어가 들어온 것을 봤지만, 그대로 자기 할 이야기를 할 뿐이었다. 나는 그 어르신의 뒤에 보이는 노란 글씨를 봤다.

'장애인 휠체어 지정석입니다. 양보해 주시기 바랍니다.'

그런 글씨들은 그들에게 보이지가 않는 것 같았다. 결국 휠체어에 탄 사람은 전철 출입문과 뒷문 가운데에 떡하니 자리를 잡았다. 그 자리에서 움직이지 못한 채 쭉 가운데에 자리 잡고 출발했다. 나는 그 자리에 있는 어르신에게 뭐라고 하고 싶었지만, 그런 만한 용기는 없었다. 주변에 의식을 심하게 하는 내가 혹시라도 말했다가, 오지랖으로 보일까 봐. 걱정도 되고 또한 그들의 말싸움에 이길 자신도 없었다. 그러면서 휠체어를 탄 남자를 쳐다보면서 생각했다.

'나와 달라고 말을 하지 왜 가만히 있지?'

지하철에 지나가는 사람이 그 사람을 한 번씩 보면서 갔기 때문이다. 이후 상황을 생각해보면 그냥 한 번씩 쳐다보고 지나가는 사람들이 오히려 낳았다. 그들은 조언을 위장한 막말은 하지 않았으니깐. 배낭을 던져놓고 그대로 노약자석에 앉은 어르신은 눈치 없는 것과 동시에 오지랖도 심했다. 아니 무례함이 심했다.

– 젊은데 어쩌다가 이렇게 되었어?

노약자석에 앉은 한 할아버지가 휠체어 탄 사람에게 말을 걸었다. 그 순간 그 자리에 있던 사람들은 다들 그 말 한 할아버지를 쳐다보았고, 나는 그 할아버지를 경멸한 눈으로 보며 생각했다.

'이 사람은 어른이 아니구나.'

분명 나 말고도 다른 주위에 있는 사람들도 그렇게 생각을 했을 것이다. 왜냐하면, 그 말을 하고 다들 놀라며 그 노인을 쳐다봤으니깐 말이다. 하지만 나도 그렇고 그 누구도 그 노인을 제지하지 않았다. 그 상태를 본 뒤 엄마를 쳐다보았다. 아까 그 휠체어 탄 분과 아는 사이처럼 보였기 때문이다. 엄마는 언짢은 표정을 지으면서 그 휠체어를 탄 남자의 얼굴만 쳐다보고 있었다. 엄마의 시선에 나도 덩달아 그 휠체어 탄 남자의 얼굴을 쳐다보았고, 그 휠체어 탄 남자는 웃고 있었다. 그 웃음을 유지한 채 그 노인의 말에 대답해주었다.

- 사고로 다쳐서 보시다시피 이렇게 되었네요.

아까와는 다른 모습이었다. 맨 처음 본 휠체어 탄 분은 내성적이어서 아무런 말도 못 하는 줄 알고 있었는데, 그게 아니었다는 느낌을 받았다. 문제는 그 노인의 무례함은 끝나지 않았다. 또다시 노인의 무례한 말로 얘기했고, 덩달아 옆에 있던 다른 노인도 이 말에 거드셨다.

- 아이고 어쩌다가 사고가 났니. 부모님이 속상하시겠네.

- 안타깝네. 불편할 텐데 집에서 쉬지.

나는 그 노인들을 보며 '머릿속에는 뭘 들어있을까?'라는 생각과 함께 이제 이 칸에 있는 사람들 모두 그 노인들을 경멸하는 눈으로 쳐다보았다. 나는 그 남자가 걱정되어 쳐다보았는데, 그 휠체어 탄 남자가 우리 엄마를 알고 있는 듯 엄마와 눈을 한번 마주치고는 또 웃으며 그 노인들의 말에 대답해주었다.

- 저도 돈을 벌어야 해서 나올 수밖에 없네요. 그리고 저희 부모님도 제가 돈을 버는 모습을 보고 오히려 좋아하세요. 제가 사고 나기 전까지는 돈을 안 벌고 부모님 힘으로 살았거든요. 걱정해 주셔서 감사합니다.

순간 누군지도 모르는 사람의 당당함에 잠시 매료가 되어버렸다. 그 모습이 휠체어 탄 사람이 아니라, 나와 같은 평범한 사람으로 보였다. 그 말을 들은 노인들은 대답할 줄 몰랐는지 아니면 자기들의 말이 걱정해 주는 말이 아닌 걸 알았는지 헛기침을 몇 번 하고는 다시 고개 돌려 자기 얘기들로 빠져 갔다.

'과연 나였으면 이렇게 말을 할 수가 있었을까?'

그 순간 휠체어 자리에 공간이 났고, 그 사람은 그 자리에 가 조용히 책을 들여다보았다. 한 몇 개의 역을 지나치고 그 사람은 내렸다. 또 덩달아 엄마와 나도 그 사람 따라 내렸다. 내리고 나서 나는 조용한 목소리로 엄마에게 말했다.

- 지금 뭐 하는 거야? 혹시 저 사람이랑 아는 사이야?

엄마는 내 목소리를 못 들은 건지 아니면 안 들은 건지 그 사람 뒤를 그냥 조용히 따라갔다. 나는 무슨 범인을 몰래 쫓는 형사처럼 뒤따라갔고, 그렇게 엘리베이터에 도착했다. 나는 몰랐지만, 그 사람에게는 여기도 또 다른 난관이었다. 엘리베이터 앞에는 할머니, 할아버지들이 계셨다. 그 남자는 그 모습 보고 잠시 뒤로 빠졌다가, 어르신들이 먼저 타고 올라가 난 뒤 엘리베이터를 타러 문 앞에 섰다. 엄마도 나도 그 뒤를 따라 섰다. 그 순간 그 남자는 갑자기 고개를 뒤로 돌리며 엄마를 보고는 씩 웃더니 인사했다.

- 안녕하세요.

그리고는 나한테도 고개 숙이며 인사했다. 그 인사에 나도 모르게 몸을 숙이며 인사하고 고개를 살짝 돌리고 바로 이어 작은 목소리로 엄마에게 말했다.

- 네. 안녕하세요.

- 아는 사람이야?

드디어 엄마가 말을 해줬다.

- 오늘 만나기로 한 사람이야.

그 말을 묵묵히 앞에서 듣고 있던 남자는 고개를 다시 내 쪽으로 돌리며 말했다.

- 이성원이라고 해요. 오늘 제가 교육이 있어서 아주머니에게 한 번만 도와달라고 했어요. 원래 차를 타고 다니는데, 지금은 대중교통도 타고 다니는 연습 중이에요. 맨 처음에 대중교통을 탈 때 도움을 받고 타니 당연한 것 같아, 요즘 들어 도움 안 받고 타려고 노력 중이에요.

- 아…. 네.

이분은 내가 궁금했던 오늘을 시원하게 설명을 해주셨다. 바로 이어 엄마가 말했다.

- 너보다 1살 많아. 형이라고 불러. 엘리베이터 왔네. 타자.

우리는 엘리베이터를 타고 지상으로 올라왔다. 지상에 올라오니 나에게는 아무것도 아닌 6cm 턱은 그 사람에게는 난관들이었다. 그렇게 우리는 강의시간이 남아 잠시 1층에 있는 카페에 들어갔다. 다행히 그 카페는 경사로가 있어 들어가는 데는 문제가 없었다. 하지만 문제는 들어가서 나타났다. 들어가자마자 이목은 우리에게 집중이 되었다. 나는 그 시선에 신경이 쓰였지만, 애써 무시할 수밖에 없었다. 일단 서둘러 의자를 빼 성원이 형의 자리를 만들어 주어야 했기 때문이다. 반대로 성원이 형은 그 시선에 익숙한 듯 아무렇지 않게 행동했다. 그리고 자리를 만들어 준 나에게 감사의 목 인사를 했다. 성원이 형과 엄마는 주변 의식은 안 하고 태연하게 앉아 안부 인사하며 궁금했던 걸 물어봤다. 나는 그들 사이에 경호원이 된 듯 커피도 갖다 주었다.

 - 전부터 물어보고 싶었는데 왜 갑자기 대중교통을 타고 다니는 거야?

 - 원래 사고 난 뒤 뭐 타고 다닐 거라고 생각을 안 했어. 사고 난 뒤 어떻게든 생활하고 있는데 사람들이 보내는 다양한 시선들이 뭔가 억울하고 화가 났어. 내가 왜 숨어야 하고. 왜 밖에 나가면 안 되는 건데. 그 마음에 일단 휠체어를 타고 혼자 밖에 나가봤지. 그런데 나가자마자 못 다녔어. 아예. 인도 길은 턱들이 많아서 돌아다니지를 못하고, 저상버스는 제대로 되어있지 않고, 만약 되어 있다고 해도 느려서 눈치 보이고. 그럼 내가 탈 수 있는 건 그나마 지하철인데. 지하철은 사람이 많으면 타지를 못해. 이런 걸 겪으니깐 사고가 나기 전에 안 보이는 것들이 사고 난 뒤에 보이기 시작하는 거야. 내가 얼마나 높게 보고 다녔는지 알게 되는 순간이었지. 그래서 지금 장애인이 아니고 사람으로서 정당한 편의 찾고 싶어. 대중교통을 타고 다니고 있는 거야.

 - 맞아. 사람으로 안 보고 장애인으로만 보지. 그놈의 편견 없는 편견 속에서…. 그러면 왜 아까 휠체어 자리에 있는 사람들 보고 왜 나와 달라고 하지 않았어?

 - 나를 봤는데도 안 비켜줬으면 굳이 내가 말을 해야 하나? 비켜주면 가면 되고 아니면 이동하는 사람들 최대한 안 불편하게 뒤로 당기면 되

는 거지. 나도 그냥 거기에 타고 있는 사람인데.

성원이 형은 침묵 뒤 씁쓸한 한숨을 내뱉으면 말했다. 얼마 동안 얘기했을까. 시간이 되어 카페 나와 한 학교에 강의하러 가면서도 성원이 형은 난관에 많이 부딪혔다. 아주 작은 6cm도 안 되는 턱이 성원이 형의 가는 길을 계속 멈추게 했기 때문이다. 많은 난관을 넘고 우여곡절 끝에 마지막 문턱을 겨우 넘고서야 강의실에 들어갈 수 있었다. 여기에서도 한 가지 난간에 부딪혔다. 성원이 형이 할 수 있게 준비는 다 되어있었지만, 강의실 맨 앞에 있는 칠판 밑에 있는 5~10cm 정도 발판이 형이 올라갈 수 없게 되어 있었다. 이것 때문에 성원이 형이 엄마에게 일을 부탁한 것이다. 맨 처음에 발판 위에 올라갈 수 있도록 해주는 것. 그리고 성원이 형이 준비한 프린터와 물건들은 그때마다 강의를 듣는 아이들에게 나누어 주는 것이었다. 성원이 형은 힘이 든 것도 아니어서, 편안한 사람인 엄마에게 부탁을 한 것이었다. 엄마는 이 얘기를 듣고 흔쾌히 도와주겠다고 했다고 한다. 물론 자기에게 쓰는 시간을 성원이 형이 문제없이 돈을 준다고 했지만, 엄마는 그 돈을 안 받는다고 계속 거절을 하였다. 그래서 결국 성원이 형은 엄마의 계좌번호를 알고 있어 카페에서 돈을 넣어주었다. 엄마는 그걸 다시 돌려주려고 했지만, 성원이 형이'이거 안 받으면 저 다음부터 도와달라고 말을 못 드려요.'라고 하니 엄마는 어쩔 수 없이 돈을 받았다. 나는 그 상황을 보며 엄마가 이해 가지 않았다.

그렇게 학교 학생이 와 원활하게 준비가 될 줄 알았는데, 준비하는 과정에서 문제가 발생했다. 강의는 모니터를 보고 말을 해줘야 하는데 빔프로젝트가 고장이 나버린 것이다. 어쩔 수 없이 칠판을 보고해야 했다. 문제는 누군가가 칠판을 오르고 내려주고를 해야 했다. 지금 준비해주고 있는 학생은 다른 일 때문에 가봐야 해서 어쩔 수 없이 엄마와 내가 해야 했다. 그러자 엄마는 나를 뚫어지게 쳐다보면서 말했다.

- 그냥 칠판만 크니깐 같이 들어줘.

- 아니야. 엄마가 칠판만 크니깐 같이 들어줘. 나머지는 내가 할게. 그래도 되죠?

- 저야말로 괜찮으시겠어요?

- 네. 물론이죠.

- 그러면 잘 부탁드립니다.

강의가 시작되고 아이들에게 프린터를 나누어주고, 칠판은 엄마와 같이 위로 올려준 뒤 성원이 형이 적을 수 있게 낮추어 주었다. 문제는 칠판을 설명할 때마다, 오르내리고를 반복해야 했다. 휠체어와 칠판, 탁자가 세 개가 있으니 성원이 형이 움직일 공간이 없었기 때문이었다. 칠판을 오르고 내리는 것은 딱히 힘이 드는 것 아니었지만, 단지 귀찮았다. 하지만 티는 내서는 안 됐다. 엄마는 당연하다는 듯 일을 하고 있었기 때문이었다. 그래도 나름 좋은 건 오랜만에 엄마와 얘기하는 시간이 있었다는 것이다. 엄마와 얘기하니 시간이 빨리 가는 듯했다. 엄마는 그 형에 대한 이야기를 해주었는데, 긴 시간을 달래기에 충분했다.

"성원이 형은 원래 서울대학교를 졸업해 아버지의 일을 물려받는 중이었다. 그런데 그만 오토바이를 타다 사고로 전신 마비가 되었다. 깨어나자마자 그걸 알고 죽으려고 했지만, 몸이 못 움직여 죽지도 못했다고 한다. 전신 마비에 걸렸기 때문에. 한동안 그렇게 지내다가 어느 순간 정신을 차렸다고 한다. 지금 할 수 있는 것 하자. 그리고는 노력해 기적적으로 상반신을 쓸 수 있게 되고 휠체어를 탈 수 있게 되었다. 이게 불과

2년밖에 안 되는 일이었다. 지금은 혼자 나와 사회의 정당한 편의를 위해 노력 중이라고 한다. 지금도 그런 인식을 퍼뜨리기 위해 강의하는 것이라고 한다. 엄마와 친해진 것은 1년 전쯤 재활 치료 봉사하면서 만났고, 거기에서 서로 얘기하면 친해졌다고 한다.”

오랜만에 엄마와 같이 얘기하니, 어느새 강의도 거의 마무리가 되어가고 있었다.

- 저 때문에 고생 많았죠. 마지막으로 칠판 말고 저를 밑으로 내려주세요. 마지막은 제가 나누어 주고 싶은 것이 있어서요.

성원이 형은 마지막으로 우리에게 부탁했다. 그렇게 나는 형을 잠시 들고, 엄마는 휠체어를 준비해 앉게 해주었다.

- 감사해요. 감사합니다.

성원이 형은 자기가 만든 물건을 무릎에 가방을 놔두고 움직이면서 나누어 주고 있었다. 그 모습을 보고 있는데, 내가 같이 도와주면 편할 것 같아 성원이 형의 물건을 들며 얘기했다.

- 이거 저도 도와줄게요.

그러자 성원이 형은 나에게 대뜸 화를 냈다. 지하철에서도 카페에서도 무례한 말과 쑥덕이던 말들이 들려와도 아무렇지 않게 넘기던 형이 늦다 없이 도와준 나에게 화를 냈다.

- 지금 뭐 하는 짓이에요. 이거 내 일이에요.

성원이 형이 정색하고 나에게 말했고, 나는 그 모습에 기가 죽어 뒤로 돌아갔다. 뒤돌아 가면서 엄마와 눈이 마주쳤다. 엄마에게 이런 모습을 보여 부끄럽고 성원이 형에게 화가 나기도 했다. 그렇게 기분이 안 좋은 감정들만 쏟아져 나왔다. 나는 최대한 억울하게 표정을 지으며 엄마에게 말했다.

- 봤어? 엄마. 방금 내가 뭘 잘못한 거야. 그냥 도와주려고 한 건데.

그런데 엄마는 오히려 정색하면서 그 성원이 형의 편을 들어줬다.

- 욕먹을만했어. 기다려. 이건 내가 뭐라고 할 게 아니니깐. 성원이가 다 나누어줄 때까지 생각해봐. 왜 형이 아들한테 화를 냈는지. 그리고 강의 끝나면 사과해.

이 말을 듣는 순간 '우리 엄마가 맞나?'라는 생각이 들면서, 억울한 생각밖에 없을 때 모든 강의는 끝이 났다. 그리고는 엄마는 말했다.

- 빨리 형한테 가.

- 뭐?⋯ 내가 왜?

속상하고 억울한 마음에 엄마에게 말했다. 하지만 엄마는 냉정하게 다시 얘기했다.

- 빨리 가.

많은 생각이 들었지만, 일단 성원이 형에게 갔다. 궁금하기도 했다. 왜 화가 났는지에 대해서⋯ 그렇게 나는 정리하고 있는 성원이 형에게 헛기침을 하며 갔다. 내가 왔다는 걸 알리기 위해서이다.

- 이거 제가 빨리 치울게요. 형 좀 쉬세요. 아까 일은 정말 죄송합니다.

성원이 형은 갑자기 뒤돌며 무표정한 얼굴로 말했다.

- 아니야. 이거 내 일인데 내가 치워야지. 창용아 내가 왜 화를 냈는지 알아?

나도 모르게 일단 죄송하다고 말이 나왔다. 그 말을 내뱉고 난 뒤 김창수 할아버지와 한 말이 생각났다.

'하⋯. 난 변한 게 없구나⋯.'

- 사실 잘 모르겠어요.

나는 형의 눈을 못 마주치고 얘기했다. 성원이 형은 큰 숨을 코로 내뻗고 말했다.

- 지금 내보고 쉬라고 한 거랑, 아까 왜 나눠주려고 한 거랑, 그거 왜 한 거니?

- 그야. 형이 불편하시니깐 제가 하면 빨리 나눠줄 것 같아서요.

- 내가 필요하면 불러서 부탁했겠지. 근데 안 했잖아. 그냥 네가 내 모습 보고 답답하고 빨리 끝내고 싶어 네가 하려고 한 거 아니야?

말문이 막혔다. 내가 아무런 말을 못 했다는 건 다른 말로는 '맞다.'라는 의미이기도 했다. 그러자 성원이 형은 다시 말을 이어갔다.

- 너는 네가 하면 빨리 끝내고 싶다는 생각에 한 거야. 그래서 내 일에 손을 댄 거지. 네가 답답하고 귀찮은 마음을 무의식적으로 너는 도와주는 거라고 어느 순간 합리화하고 나에게 와서 도와준 척한 거지.

나는 점점 고개가 밑으로 내려갔고, 성원이 형은 내려가는 내 얼굴을 보며 계속 말을 이어갔다.

- 지금도 그때도 나에게 물어봤어야 했어. 도와줘도 되냐고?

묵묵히 듣다가 이해가 가지 않아 나도 되물었다.

- 그걸 왜 물어봐야 하죠? 당연히 형은 불편하니깐 도와줘야 하는 거 아닌가요?

- 아니. 안 도와줘도 돼. 그건 네가 마음 좋아지려고 도와주는 거지. 정작 나는 필요가 없었거든. 너는 배려를 가장해서 날 다른 사람들로부터 격리를 했고, 날 자연스럽게 방치를 하게 만들었어. 그리고 나에게 가장 중요한 권리를 포기시켰지. 내가 카페에서 했던 말 기억하니?

- 네. 장애인으로서가 아니라 한 사람으로 정당한 편의를 위해 노력하신다고.

- 그래. 장애인 비장애인이 아니고 사람으로….

머리를 한 대 맞은 것처럼 부끄럽고 창피했던 고등학교 시절이 생각났다. 그들이 내가 당했던 고통을 역지사지로 생각해봤으며 하며 살아온 나 자신이 생각났다. 그 생각을 하니 너무 나 자신에게 화가 나고 부끄러웠다.

'얼마나 치욕적이었을까?'

'얼마나 나를 죽이고 싶었을까?'

이런 생각들이 스쳐 갔다. 이 모든 것들은 내가 괴롭힘을 당할 때 느꼈던 감정이랑 비슷한 것 같았다. 그때의 나는 신에게 빌었다. 나중에 내가 당했던 것을 그대로 되돌려 달라고 말이다. 그렇게 당하고 신에게 빌었던 그 심정을 떠올리는 순간 심장은 바늘로 찌르듯 아파져 오고 얼굴은 붉게 타오르고 있었다. 이때까지 가지고 있었던 가식들이 성원이 형 앞에서 다 벗겨진 느낌이었다. 이 순간 너무 도망치고 싶었고 시간을 돌리고 싶었지만, 현실은 영화나 드라마 같지 않아서 이 순간을 겪어야 했다. 나는 성원이 형에게 말을 해야 하는데 너무 미안해서 미안하다는 말이 입으로 나오지 않고 눈에서 눈물이 맺혔다. 그 모습을 본 형은 오히려 나에게 와서 달래주었다.

- 뭘 울고 그래. 당황스럽게.

그러자 나는 울먹이며 말했다.

- 죄송합니다. 정말 죄송합니다.

항상 고개 숙이며 얘기하던 내가 이제 형과 같은 높이에 서서 사과했다. 이 사과는 형에게 하는 것도 있었지만, 그 시절은 잊고 살았던 나에게 하는 반성이기도 했다. 그 시절이 나를 또 한 번 성장하게 했다. 지금 그 시절 덕분에 상대방 처지를 생각하게 해주었기 때문이다. 더불어 가식 속에 나를 볼 수 있게 만들어 줬다. 만약 그 시절이 없었다면 지금 객관적으로 나 자신을 못 보고 있었을 것이다. 분명 아프고 숨기고픈 기억이지만 오히려 이 기억 덕분에 상대방의 입장을 잘 알고 배려하는 척이 아닌 진짜 배려가 뭔지를 알게 되었다.

0. 세상에 혼자란 없다.

일이 마무리되고 성원이 형의 가족들이 와 데려갔다. 그러면서 다음번에 우리에게 맛있는 음식을 대접한다고 하며 갔다. 그렇게 우리는 지하철을 타고 집으로 돌아왔다. 엄마는 강의 때 있었던 일에 대해서는 한마디도 하지 않았다. 나도 아무런 말을 하지 않았다. 나는 갑자기 울었던 게 창피해서 집 와서도 말없이 씻고 밥 먹고 잤다. 역시 마지막에는 일기로 하루를 마무리했다.

대구로 내려왔을 때는 분명 사고사에 대해서 찾아보고 죽으려고 왔다. 하지만 어느 순간부터 사고사는 뒷전으로 밀려나고 하루하루 삶에 대해 살아가고 있었다. 어느덧 그게 석 달이 지나갈 때쯤이었다. 어김없이 봉사하는 날이 다가왔고, 엄마와 같이 병원으로 향했다. 거의 석 달이 되어가지만, 이상하게 호스피스 병동에서 말을 나눈 사람은 네 분밖에 없었다. 다른 환자분들은 잠을 자거나 거절 의사를 내보였기 때문이다.

그렇게 얘기를 나눈 첫 번째 분은 김말숙 환자분이었다. 김말숙 환자분은 첫 만남 때는 아무런 얘기도 못 했지만, 다음 주부터 나를 챙겨주셨다. 첫 만남 때에 알고 보니 아직 인정이 하기 싫어 힘들어한 것이었다. 두 번째 만남부터는 서서히 순응하면서 항상 웃음을 짓기 위해 노력한다. 그렇게 김말숙 환자분은 호흡하기 쉽지 않았지만, 그래도 어떻게든 웃음을 잃지 않으려 노력했다, 더불어 내가 챙겨줘야 되는데, 오히려 내가 더 받았다. 그리고 가끔 힘이 날 때면, 교사 시절 이야기를 해주시곤 하셨다. 할머니의 교사 생활을 들으면서 모습을 봤는데 추억에 젖어있으면서도, 뿌듯함이 많으신 것 같았다. 그 뿌듯함은 내 눈앞에서도 보였다. 그 뿌듯함은 제자들이 찾아올 때 가장 빛났다. 항상 제자들이 찾아오면, 나는 뒷전으로 밀려나 제자들을 보기에 바쁘셨다. 제자들이 오면 아픈 티를 내지 않고, 웃으며 맞이하셨다. 물론 제자가 돌아갈 때는 아픈 모습을 보이면서, 나에게 말을 거신다. 이렇게 말을 하는 할머니의 나이는 불과 62세였다.

두 번째 분은 최승해 환자분이다. 매번 나를 볼 때마다 남자가 몸이 그게 뭐냐며 운동하고 옷도 제대로 입고 다니라고 얘기한다. 그러면서 옆에 액자에 있던 옛날 클라이밍 했던 젊을 때 사진을 보여주면서 직업에 대해서도 말을 해줬다. 직장 계급을 잘 몰라서 기억이 나지 않지만, 한 잡지사에 무슨 책임자였다고 한다. 그렇게 안 아플 때까지 잘 나갔다고 했다. 그러다가 갑자기 위암에 걸려 왔다고 한다. 맨 처음에는 많이 힘들어했지만, 지금은 웃으며 죽고 싶다고 옛날 작업했던 것을 보면서 나에게 여러 가지 옷을 설명해주시곤 했다. 그 덕분에 나는 운동, 식단관리, 옷 입는 방법 등 많은 것을 터득하게 되었다. 나에게 설명해주시는 모습 볼 때면 정정해 보였지만, 잡지를 든 앙상한 손을 볼 때면 정말 환자인 걸 다시 깨닫게 된다. 잡지 얘기할 때 웃고 있던 그녀의 나이가 고작 58세였다.

세 번째 분은 김학철 환자분이다. 맨 처음 나를 보고 말한 첫마디가 인상 깊었다.

- 술은 잘 마시나?

- 잘 못 마십니다.

- 아이고. 그 맛있는 걸 못 마신다고.

이분은 술에 대해서 모르는 게 없다. 다른 말로는 조예가 깊다고 할 수가 있다. 티브이를 보면서 음식이 나오면 뭐든지 술에 대입을 시킨다.

"이거는 무슨 와인이랑 먹으면 되는데."

"이거에는 소주인데."

소주, 맥주밖에 몰랐던 내가 와인, 위스키 등 이분을 만나고 술의 이름 또는 술이 어떻게 만들어지는지 알게 되었다. 이분은 내가 오면 술에 엮인 이야기들을 해준다. 그 말들을 듣고 있으면 점점 술에 대해 알고 싶어지는 마음이 생긴다. 그래서 요즘 와인을 사 들고 혼자 한 잔씩 마시고 있다. 그리고 이분은 다른 환자들과는 달리 조금은 활발하게 활동을 하신다. 옛날 사진을 봤는데 만화 캐릭터로는 꼭 곰돌이 푸를 닮으셨다. 얼굴부터 발끝까지 다 포동포동하셔서 한눈에 봐도 귀여움이 묻어 나오시고 말투에서도 뭔가 귀여움이 묻어 나오셨다. 술 이야기만 하면 힘이 나는 그의 나이는 61살이셨다.

마지막으로는 항상 책을 들고 앉아 계시는 이순철 환자분이 있다. 이분은 나를 볼 때마다 항상 책을 읽으시라고, 자기가 다 읽은 책을 나에게 주셨다. 그래서 항상 다음 주에 오면 자신의 주신 책에 대해서 물어보신다.

"다 읽었어?"

내 대답이 부정적으로 나올 때면, 나를 붙잡아놓고는 책에 대한 습관을 가르쳐 주셨다. 덕분에 요즘 책을 일주일에 한 권씩은 읽고 있다. 이순철 환자분은 키는 작지만, 연륜에서 느껴져 나오는 아우라가 저절로 고개 숙이게 만드셨다. 더불어 가끔 하는 농담들은 재미가 있으면서도 가벼워 보이지는 않았다. 그렇다고 무게도 잡으시려 하지 않았다. 그렇게 나에게 항상 문학에 대해 이야기해주시는 그의 나이는 불과 80세였다.

그래서 여기에 올 때마다 깨달음을 얻고 변화하는 내 모습을 발견했다. 성원이 형이 나에게 말해준 것도 큰 영향을 끼쳤다. 오늘도 네 분을 만나서 배움을 얻으려 엄마와 같이 병동에 들어갔다. 하지만 무슨 일인지 병동의 분위기가 너무나 어두웠다. 엄마와 나는 뭔가 무거워진 분위기를 애써 무시하면 휴게실에 들어가려고 했다. 그 순간 복도 끝에 서 있는 김창수 할아버지를 보였다. 그 모습에 바로 인사드렸지만, 내 목소리가 안 들렸는지 한 곳만 계속 응시했다. 나는 김창수 할아버지에게 다가가 인사드리려고 다가갔다. 그 순간 무슨 울음소리가 들려왔다. 거기에는 김창수 할아버지가 어떤 한 방을 계속 응시하고 있다는 걸 볼 수 있었다. 나는 김창수 할아버지가 응시하고 있는 안을 쳐다봤다. 거기에는 복도까지 울려 퍼지고 있는 울음소리 나오고 있었다. 나는 자세히 보려고 뚫어지게 쳐다보았다. 여러 사람이 한 사람을 둘러 울면서 고개 숙이거나 기대고 있는 모습이 보였다. 그 사람들 사이에 김말숙 환자분의 보호자 아니 김말숙 할머니의 딸이 보였다. 딸은 눈이 퉁퉁 불어올라. 더 나올 수 없을 것 같은 눈물이 나오면서 어떤 남자에게 기대고 있었다. 그 남자는 저번에 봤던 액자사진에 있었던 딸의 남편으로 보였다. 그리고는 옆에서 또 다른 남자가 보였다. 그 남자는 할머니의 액자사진에서 보았던 아들이었다. 아들은 자신의 아내와 손을 맞잡으며 억지로 눈물을 참았는지 눈이 빨개져 있었다. 마지막으로 그들의 옷을 잡으며 4~5살쯤 되어 보이는 손자들이 할머니라고 부르고 있는 걸 볼 수 있었다. 나는 누워있는 사람을 보지는 못했지만, 알 수 있었다. 김말숙 할머니는 돌아가셨다. 지금 이 방에 혼자 있다는 것으로도 알 수 있다. 듣긴 들었다. 죽음이 임박하면 다른 환자분들께 영향이 갈 수가 있기 때문에 독방으로 옮긴다고 말이다. 듣긴 들었는데 실감이 안 간다. 죽는다는 걸 알았지만, 견디려고 하는 모습을 많이 보았기 때문이다.

김말숙 할머니는 고통이 찾아올 때면 감히 내가 느끼지 못할 만큼 고통을 표현하셨고, 바로 옆에서 지켜보던 보호자인 딸은 한없이 울고 계셨다. 이 순간만큼 하나밖에 없는 딸이었다. 다시 할머니의 고통이 사그라질 때쯤, 딸은 잠시 바람을 쐬러 나가시면 김창수 할아버지와 나는 할머니 옆에 앉아 이런저런 이야기를 나눴다. 그 이야기 중 할머니가 나에게 이런 말을 한 적이 있다. 나는 그 말을 듣고 많은 생각을 했다.

- 젊은이는 몸에 상처들은 어쩌다가 생긴 것이야?

- 네? 저 그게 사실.

선뜻 자살 시도를 했다고 말이 나오지 않았다. 왜냐하면, 마지막까지 노력했지만, 뜻대로 안 돼 오신 사람에게 지금 나는 목숨을 하찮게 여기고 있다는 사실을 밝힐 수가 없었다. 그 생각에 주춤거리고 있었는데, 갑자기 할머니가 내 손을 잡으셨다. 나는 당황해 손을 뒤로 빼려고 했지만, 빠지지 않았다. 분명 뼈가 다 보일 정도로 메말랐는데, 꿈쩍도 할 수가 없었다.

'알 수 없는 압력 때문일까?' 아니면 '죄송스러운 마음 때문일까?'

- 굳이 힘이 든다면 말하지 않아도 된다네. 미안하네. 괜한 아픈 기억을 늙은이가 물어본 것 같네.

- 사실은 자해했습니다.

얼떨결에 말이 나왔다. 아니 말하고 싶었다. 그러면서 한 번 내뱉던 말을 쉬지 않았다. 안면기형, 왕따, 자살 등 나에게 일어났던 일들을 모두 말씀을 드렸다. 할머니는 한 번도 내 말을 안 끊으시고 묵묵히 내 얘기를 들었다. 내가 얘기하는 동안 김창수 할아버지는 옆으로 빠져 조용히 듣고만 계셨다.

- 많이 힘들어요……. 지금도 사실 어떻게 죽을지 고민했어요. 할머니에게 이런 말 하면 안 되는데 죄송합니다.

- 아니네. 내가 물어봤지 않은가. 근데 젊은이 옆에 항상 있는 사람이 있지 않은가?

- 네? 저에게 항상 있는 사람요?

- 어머니 말이야. 죽기 전에 어머니가 걱정되었다고 하지 않았나?

- 맞긴 하지만 제가 없어도 어머니는 잘 살 거예요.

- 아니. 못 살아. 젊은이가 어떻게 살아왔는지 이야기만 듣고 고통을 다 짐작은 못 하지만, 젊은이는 지금 가진 고통을 권력으로 쓰고 있는 것 같네.

- 네? 그게 무슨 말씀이세요?

- 안면기형으로 인해 생긴 일들로 자해, 자살을 젊은이는 아픔으로 생각하는 게 아니고 어느 순간부터 이걸 합리화하고 있는 것 같은데? 젊은이는 이거 때문에 항상 불행했다고 생각을 한 게 아닌가?

- 당연한 거 아닌가요? 태어날 때부터 운도 지지리 없이 태어났어요. 1,000명 중에 1~2명꼴로 걸리는 걸 제가 걸리고 그걸로 인해 왕따를 당했고 자해를 시작했죠. 그리고 결국 자살 시도도 했어요. 근데 저도 하고 싶어서 한 것도 아니에요. 무서워요. 그런데 이걸 하면 순간 모든 고통이 사라질 것 같아서 하는 거예요. 전 이제 이것밖에 없었어요.

- 그걸 어머니에게 말해 본 적이 있나?

- 아니요. 말해 본 적은 없어요. 어머니는 항상 일이 바빠 말할 기회가 없었어요. 그리고 제 어머니는 느낌으로 알고 계셨을 거예요. 우리는 서로 일부로 안 꺼냈어요. 꺼내면 서로 힘든 걸 아니깐요.

- 내가 아까 말했었죠. 젊은이가 고통을 권력으로 이용한다고. 젊은이가 안면기형으로 인해 파생된 고통을 자해, 자살 시도를 할 때마다 어머니는 자기 가슴으로 다 받고 있었을 거예요. 자기 자신으로 인해 이렇게 됐다는 생각 때문에. 아무런 말을 하지 않았겠죠. 그래서 어떻게든 부족함 없이 자기 살을 파내서 줬을 거예요. 하지만 젊은이는 전혀 보지 않았죠. 젊은이 힘듦 때문에.

- 그건 말이 안 돼요. 저에게 말을 해줬으면 제가 이렇게 되지 않았어요.

- 젊은이가 말을 안 했잖아요. 힘들다고. 가족이든 연인이든 친구이든 어느 정도 친밀감 생기면 말로 아닌 행동으로 자기 자신을 표현할 때가 있죠. 그리고 그걸 상대방이 알아봐 줬으면 해요. 하지만 못 알아채죠. 그리고 서운해하죠. 그럴 때는 행동이 아닌 말로 얘기를 해줘야 해요. 그렇지 않으면 서로 각자 오해가 생길 거예요. 지금처럼.

순간 만호 형이 생각이 났다. 형이 죽고 난 뒤 남아 있는 사람들을 보았기 때문이다.

"드르륵"

밖에 나왔던 딸이 자리에 돌아와 앉으며 우리의 이야기는 마무리가 되었다.

그렇게 김말숙 할머니와 나누었던 지난날이 떠올랐다. 나는 김말숙 할머니로 인해 이때까지 상처받았던 선생님의 이미지를 바꿀 수가 있었다. 이제부터 스승이라는 분이 있다고 믿을 수 있게 만들어 주었다. 그때 나는 단지 수많은 선생님 중 옳지 않은 선생님을 잠시 만났을 뿐이었다. 생각해보면 그때 나를 챙겨주는 선생님이 몇 명 계셨다. 하지만 나는 그때 내 상황만 본다고 보지 못했다. 그렇게 지난 추억이 지나가며, 병동에서 김말숙 할머니의 마지막 아침은 사라져버렸다. 하지만 누군가의 시간은 계속 흘러간다. 그렇게 누구에게는 아침의 시작이고 누구에게는 마지막 아침이 흘러갔다.

예전에 티브이 프로그램에서 이런 말은 들은 적이 있다. "세상 혼자 살다 혼자 간다."라고. 이 말을 들었을 때는 '맞다.'라고 생각했었다. 하지만 지금 김말숙 할머니의 죽음을 보고 그 말이 조금은 틀렸다고 생각한다. 그 모습 보고 있으면 오히려 홀로 살 수 없다는 말이 와닿았다. 우리는 가족, 친구, 직장, 연인 등 어딘가에 속에 살아가고 있기 때문이다.

0. 착한 호구

한 병동의 한 빈자리가 생겼다. 그 빈자리로 인해 다들 평소보다 기운이 많이 다운되어 있었지만, 우리는 평소처럼 행동해야 했다. 시간은 계속 흘러가기 때문이다. 엄마도 평소처럼 행동하러 갔고, 나도 김창수 할아버지와 같이 환자들을 보러 갔다. 하지만 김창수 할아버지는 어두운 표정으로 밖으로 나가셨다. 나도 그를 뒤따라 나갔다. 그러고는 벤치에 앉고 나에게 말을 걸었다.

- 미안한데. 담배 한 개 펴도 되겠나?

- 아. 네. 괜찮습니다.

- 아. 자네도 피울 줄 아나?

- 저는 지금 끊고 있어서. 괜찮습니다.

- 아. 좋지. 담배는 피우지 말아야지.

나는 대구에 내려와 담배를 끊는 중이다. 엄마에게 담배 피우는 모습과 냄새를 들키고 싶지 않아서다. 그렇게 김창수 할아버지는 아주 오래된 담뱃갑을 꺼냈다. 나는 자연스럽게 장미라고 적인 담배갑을 보았다. 옛날에 내가 피우던 담배보다 길어 보였다. 그런데 생각해보니 담배 피우신 모습은 처음 본 것 같았다. 김창수 할아버지는 담뱃갑을 만지면서 나에게 말을 걸었다.

- 이게 희정이가 사준 거야. 아주 오래돼 보이지.

- 네. 이 담배는 처음 보는 것 같아요.

- 그래? 이 담배가 아마 단종이 되었을 거야.

- 아. 그런데 원래 담배를 피우신 거예요?

- 나? 원래 담배를 피웠지. 아주 좋아했지. 원래는 말이야. 그런데 희정이가 그렇게 되고 내가 만든 것 같아 죄책감에 끊고 있었는데, 오늘은 희정이가 너무 그리워서….

김창수 할아버지는 검지와 중지에 담배를 끼우시고는 담배 연기와 같이 후회의 한숨을 내뱉고 있었다. 그리고는 다시 얘기를 이어나갔다.

- 저번에 희정이 얘기하다가 김말숙 보호자… 아니 이제는 딸이라고 불러야 하지. 김말숙 할머니의 딸이 와서 말을 못 했지.

- 네? 네.

- 정말 많이 후회했어. 희정이가 이렇게 되고 말이야.

갑자기 김창수 할아버지는 전에 얘기하다 끊겼던 내용을 이어서 말했다.

- 단둘이 단칸방에서 시작할 때 화장실이 1개에 방 1개뿐이었지. 나는 희정이에게 더 넓은 데를 살게 해 주려고 돈을 벌기 시작했지. 정말 열심히 일했어. 그래서 5년 뒤에 화장실 2개에 방 3개로 넓은 데로 옮겼지. 문제는 거기에서부터 점점 더 넓은 데로 가고 싶은 욕심이 생긴 거야. 맨 처음에 희정이를 잘 살게 해 준다는 게 점점 내 욕심이 돼버린 거야. 다시 15년 뒤 자식들은 유학 보내고 우리는 비싼 아파트 맨 위층으로 이사했지. 다 가졌지. 다 가졌는데, 욕심이 안 채워지는 거야. 그 욕심을 채우려 점점 집도 사고 사업도 넓히면서 정말 열심히 살았다고 생각했어. 희정이가 아프기 전까지 말이지. 난…. 희정이를 앞세워 내 욕심을 채웠어.

갑자기 울먹이는 목소리가 들려 숙여서 듣고 있던 고개를 들어 김창수 할아버지를 쳐다보았다. 김창수 할아버지는 어느새 자기 아내의 사진을 들고 눈물을 흘리고 계셨다. 나는 한동안 그렇게 말없이 앉아있었다. 그렇게 그 자리에서 담배 몇 개비를 더 피우고 나의 어깨를 두드리고는 다시 안으로 들어갔다. 이순철, 최승해, 김학철 환자분들을 만났지만, 그들도 오늘 있던 상황을 알았는지 사진들만 볼 뿐이었다. 결국, 김창수 할아버지와 나는 조용히 옆에 앉아 드리는 것밖에 하지 못하고 봉사는 끝났다. 찜찜한 마음으로 병원 밖에 나와 엄마는 반찬 때문에 가게로 가고 나는 집에 들어왔다. 나는 또 들어가자마자 씻고 거실에 앉아서 티브이를 보는데 순간 우리 집을 둘러보았다. 내 방, 엄마 방, 부엌 다시로 거실을 둘러봤다. 어느 한구석에도 우리의 사진은 없고 한 번도 본 적이 없는 딱 하나의 사진이 엄마 방에 걸려있었다.

"아버지."

어릴 적에 어머니 성은 최 씨인데 내 성은 주씨 인 게 이해가 안 가서 그때는 정말 주워온 자식이라고 생각한 적이 있다. 나는 그 이유를 엄마에게 물어본 뒤 알았다. 아버지는 태어나자마자 교통사고로 돌아가셨다고. 결국 나는 항상 사진으로만 아버지의 얼굴을 볼 수밖에 없었다. 그런데 아버지의 죽음은 여러 문제가 파생되어 왔다. 엄마는 가장이 돼서 일하기 바빴고, 그러면서 나는 엄마의 앞모습 보기 바빴다. 그로 인해 우리는 흔히 집 안에 걸려있는 가족사진과 돌 사진을 찍을 만한 여유가 없었다. 살아야 했기에.

다음 날 되고 엄마 가게로 나간다. 봉사활동을 안 가면 대부분 엄마 일을 돕고 있다. 그런데 오늘은 잠시 나와 사진관을 찾고 있다. 어제 일 때문에 뭔가 내 사진을 찍고 싶어졌다. 사실 또 다른 이유는 만호 형이다. 만호 형의 장례식장에서 오래된 사진을 영정사진으로 했던 걸 보았다.

아직 죽으려는 마음은 남아있기 때문에, 혹시 나도 그렇게 되기 전에 찍고 싶었다. 내 사진은 고등학생 때 찍었던 졸업사진뿐이었으니깐…. 한참 둘러 다니다가 전신 창에다가 주위는 빨간 벽돌이 둘러 쌓여있는 한 사진관이 눈에 띄었다.

그 사진관을 문 열고 들어갔지만, 주인이 없는 듯 했다. 나는 주인이 없는 사진관을 둘러봤다. 여느 사진관과는 분위기가 달랐다. 내가 알고 있는 사진관은 형형색색의 빛깔들로 되어 있었지만, 여기 사진관은 흑백사진들이 이 공간을 차치하고 있었다. 그러면서 밖에서 봤던 카메라들로 눈을 돌렸다. 카메라들이 전시되어있었었는데, 다 70~80년대쯤 보이는 카메라들이 즐비해 있었다. 나는 그 느낌들이 너무 좋아서 자연스럽게 여기로 들어왔다. 다시 벽에 걸려있는 흑백사진들이 자세히 들여다봤다. 그 흑백사진 한 명 한 명이 각자의 자세를 잡고, 자기 자신을 표현하고 있었다. 그중 나에게 가족사진이 눈에 들어왔다. 그 사진을 한참 보고 있는데, 뒤에서 누가 부르는 소리에 돌아봤다.

- 아. 죄송합니다. 사진 찍으러 오셨나요?

- 네. 흑백으로 찍고 싶은데 바로 가능한가요?

외국에서나 보던 덥수룩한 수염이 구레나룻에서부터 턱까지 쭉 나 있고, 주름들은 이 사람이 얼마나 고급스럽게 살아왔는지 보여주는 듯했다.

- 물론이죠. 혼자 오셨나요?

- 네.

- 그럼 이쪽으로 오세요.

그렇게 나는 사진사 따라 다른 방으로 들어가서 사진사가 시키는 대로 준비했다.

- 왜 그렇게 부자연스럽게 웃으세요? 편하게 웃으세요.

- 죄송합니다. 사진을 별로 안 찍어봐서 그런가 봐요.

내 모든 사진을 보면 항상 과하게 웃는 사진들밖에 없다. 과하게 안 웃으면 콤플렉스는 어김없이 나타났기 때문이다. 그 때문에 학교에서 사진을 찍을 때마다 어떻게든 안 보이려고 타이밍을 맞춰서 반 친구 뒤로 숨거나 얼굴을 밑으로 숙였다. 문제는 단독사진이었다. 단독으로 졸업사진을 찍을 때면 어김없이 내 모습은 드러나고 말았다. 이럴 때 과하게 웃는 게 생겼다. 어쩔 수 없이 찍어야 할 때가 되면 과하게 웃었다. 과하게 웃으면 입아귀와 코볼이 올라가면서 안면기형을 그나마 커버할 수가 있었다. 그렇게 단독으로 사진을 찍을 때나 어쩔 수 없이 나를 못 가릴 때면 카메라 앞에서 과하게 웃었다. 그게 싫었지만, 습관이 되어버려 어쩔 수 없었다. 그걸 안 하면 이제 불안해하기도 했다. 그래서 나는 이런 모습을 보기 싫어 졸업사진을 집으로 들고 와 쓰레기통에 버렸다. 하지만 그걸 엄마가 알고 몰래 들고 와 옷장 서랍 속에 넣고는 졸업사진에 대해 묻지 않으셨다. 그게 지금 내가 가지고 있는 사진과 웃음의 의미였다.

그렇게 결국 살짝만 웃으며 찍고 끝냈다. 찍고 난 뒤 나는 사진사에게가 포토샵을 해달라고했다. 그래야지 마지막까지 남들이 내 콤플렉스를 모르고 같아지기 때문이었다.

- 저 포토샵은 되나요?

- 포토샵은 안 돼요. 흑백사진은 자기 자신의 모습 그대로 나오는 거예요.

불안감이 밀려왔지만, 돈을 내고 찍은 거였기 때문에 사진은 받았다. 하지만 나는 사진을 보챈 만 체 손에 쥐고는 사진사에게 인사드리고 사진관을 나왔다. 잠시 집에 와서 내 사진을 열어보지도 않은 채 책상 위에 던져놓고 다시 엄마 가게로 갔다.

　그렇게 하루하루가 지나갔고 다음 주가 되었다. 다시 봉사 활동하러 가는데 오늘 엄마는 가게에 일이 있어 나 혼자 가게 되었다. 더불어 오늘은 김창수 할아버지와의 수습 기간이 끝나는 날이기도 했다. 끝나면 좋아야 하지만, 아쉬운 반 기쁨 반 마음으로 호스피스 병동으로 향했다. 병동에 도착하니 김창수 할아버지는 홀로 복도에 떡하니 서 있었다. 그리고 나를 바라보고 말했다.

　- 따라와.

　나는 뭔가 홀리듯 김창수 할아버지를 뒤따라갔다. 그리고 어떤 독방에 도착했다. 거기에는 사람들이 모여 있고, 얼핏 한 할아버지가 누워있는 게 보였다. 나는 지금 이게 무슨 상황인지 인지하지 못해 김창수 할아버지를 쳐다보았다. 그랬더니 김창수 할아버지는 말했다.

　- 누워있는 사람 보이나?

　- 아. 네.

　- 나네.

　- 네?

　잘못 들은 줄 알았다. 나는 당황하며 김창수 할아버지를 쳐다보았지만, 할아버지는 계속 그 방을 응시할 뿐이었다. 결국 다시 그 방을 쳐다보니 정말 누워계셨다. 김창수 할아버지가….

　- 나라고. 내가 이제 죽었어. 이제 젊은이도 원래 자리로 돌아가야 하지 않겠나?

　- 네?

　꿈을 꾸고 있다고 생각했다. 나는 꿈에서 깨려 볼 꼬집고 뺨을 때리기도 했지만, 소용이 없었다. 김창수 할아버지는 그런 내 모습 보고 말했다.

- 역시 젊은이가 인지를 못 할 줄 알았네. 자네는 항상 내 옆에 있었네. 자네는 의식불명으로 난 폐암 말기로….

- 그게 무슨…….

- 자네가 자살로 인해 의식불명으로 들어왔지. 뒤따라 자네 어머니도 따라 들어왔지. 그리고 자네 어머니는 한동안 엄청나게 울었다네. 그렇게 울다가 이내 마음을 다잡았는지, 항상 일 마치고 와서는 시시콜콜한 이야기 하고 옆에 잠든다네.

나는 아직도 이게 무슨 상황인지 알지 못해. 계속 듣고 있기만 했다.

- 지금 무슨 상황인지 이해를 못 하는 걸 알고 있네. 하지만 내가 지금 시간이 얼마 없어. 이 말만 하려고 왔네.

- 아… 네….

무의식적으로 대답했다.

- 난 석 달 동안 젊은이를 봐왔다네. 젊은이는 누구보다 착하고 상냥해. 그래서 젊은이가 무슨 선택을 하든 난 믿어. 혹시 만약 지금 살아 돌아간다면 이번에는 살아보게. 그리고 누구에게라도 가서 '힘들었다고.' '도와달라고.' 말을 하게. 그러면 무조건 도와줄 것이네. 두려워하지 말게. 그리고 잊지 말게. 무슨 선택 하든 자신을 믿어야 한다는 걸. 마지막으로 도와주는 사람이 항상 옆에 있다는 걸 잊지 말게.

나는 지금 이 상황을 이해하지 못했지만, 살아 돌아간다고 해도 다시 시도할 것만 같았다.

- 네?…. 솔직히 지금 이 상황을 이해하지 못하지만, 만약 지금 살아 돌아간다고 해도 전 자살 시도를 또 할 것 같아요. 왜냐하면, 제 주변에는

아무도 없기 때문이에요….

나는 아무리 봐도 내 주변에는 내 힘듦을 말을 할 사람이 없었다. 그 순간 김창수 할아버지는 웃으며 말했다.

- 그럼 죽어. 괜찮아.

- 네?

나는 무슨 말인지 이해가 가지 않았다.

- 죽으라고. 그럼 우리 다시 만나겠지. 그러면 그때 젊은이의 선택을 존중하고 '그동안 수고했어'라고 말하며 안아줄게. 그런데 문제는 나보다 더 슬퍼하고 젊은이의 그런 선택을 한 걸 다 자기 탓이라고 돌리는 사람이 있어. 어머니. 어머니는 어떻게 할 텐가.

- 네? 그게 무슨….

- 어머니는 항상 자네 옆에 있었네. 그러니 눈을 뜨고 한 번만 보게. 그러면 벗어날 수가 있어. 물론 죽음이 또 찾아오겠지. 그럴 때면 이거 하나만 알고 있으면 되네. 자네 주변에는 항상 믿어주는 사람이 있으니, 어떤 걸 선택을 해도 괜찮다는 걸. 걱정하지 말고 하고 싶은 대로 하게. 어떤 선택 하든 그대로 그 자리에 있는 사람이 있으니깐. 그리고 다음부터 함부터 자기 탓을 하지 말게. 스스로 자기 탓하는 건 그 어떤 누구보다 상냥해서 그런 것이니. 남들은 착하면 성공을 못 한다고 말하지만, 잊지 말게 성공한 사람들은 누구보다 상냥한 사람 들이였네. 아. 그리고 앞에서 뭘 해도 괜찮다고는 했지만, 사실 젊은이 아니 창용이가 최대한 삶을 즐기고 나하고는 최대한 늦게 만났으면 좋겠네.

김창수 할아버지의 말을 들으면서 내 얼굴에서는 일 수 없는 눈물이 쏟아져 내려오고 있었다. 그와 동시에 나는 그대로 어린아이처럼 쭈그려 앉으며 울었다. 언제 이렇게 울었던가. 한참 동안 울었다. 그냥 막 울었다. 나밖에 없는 것처럼. 소리 내어….

할아버지는 그런 나의 모습을 보고 꽉 안아주셨다. 나는 할아버지의 온기를 느끼면서, 들썩거리는 내 어깨가 멈추기 시작했다. 어느 정도 진정되고 일어나 할아버지와 나란히 마주섰다. 우리 둘은 아무런 말하지 않고 포옹과 함께 각자 뒤돌아서서 향했다. 나는 엄마에게 할아버지는 가족에게. 그리고는 내 등 뒤에서는 울음소리가 흘러들어왔다.

엄마는 맨날 나를 보고 친구와 싸우지 말고 착하게 지내라고 맨날 얘기했다. 그렇게 왕따 되기전과 사회생활 할 때 나에게 따라붙는 말이 하나가 있었다.

'착하다.'

나는 이 말이 싫었다. 하지만 내가 생각해도 나를 나타내기 가장 쉬운 것이 '착하다.'였다. 그러면서 항상 생각했다.

'내가 정말 착한 것일까?'

아무리 생각해도 나는 착하지 않아 그 말을 벗어나려 했다. 더구나 착한 사람들은 다들 호구라고 생각했다. 하지만 지금은 할아버지로 인해 생각이 바꿨다. 착한 사람은 편견 없이 다가갈 수 있는 사람이라고. 할아버지는 "한 번 배신당한 경험 있는 착한 사람들은 사람을 볼 줄 아는 눈이 챙겨 자신만의 이익을 챙기려는 사람에게는 단호히 거절하며 도와주지 않는다."라고 정의도 내려주었다. 나는 할아버지의 말을 듣고 내린 결른은 착한 사람은 때로는 이타적일 수 있고 이기적일 수 있는 사람이다. 잊지 말자. 성공한 사람들은 다들 착한 호구들이었다는 걸.

0. 정답은 없다

　그때 수면제를 먹고 연기 마시며 죽어갔던 게 맞았다. 이 모든 상황을 알고 난 뒤 필름처럼 그 전 상황들이 머리처럼 리와인드가 되었다. 병원으로 옮겨졌고, 2년 뒤 병원에서 호스피스를 권유해 이쪽으로 옮기게 되었다. 그런데도 엄마는 포기하지 않고 하루도 빠짐없이 나에게로 와서 말을 걸면 깨어날 거라고 믿고 계신다. 나는 이때까지 엄마의 이야기로 살아 온 거였다. 내 모든 상황을 깨닫고 엄마를 계속 지켜보았다. 엄마는 하루도 빠짐없이 홀로 장사하고 계셨다. 한겨울 추운 날 음식을 찬물에 만들어 손은 부르텄다. 그리고 옷은 군대에서 들고 온 패딩을 맨날 입으셨다 그러면서 병원에 올 때는 깨끗한 모습으로 내 옆에 앉으시고는 시시콜콜한 이야기를 하며 잠이 드신다.

　또다시 아침이 오면 다시 일어나 가게로 향한다. 그리고 이 패턴을 반복한다. 그러면서도 내 앞에 왔을 때는 웃음을 잃지 않으셨다. 나는 이때 동안 내 사진만 없다고 생각했지만, 엄마 사진도 없었다. 엄마는 자기 자신이 어떻게 늙어 가는지도 모르고 나를 키우기 위해 아낌없이 거름이 되어주셨다. 문제는 나는 그것도 모르고 '엄마가 왜 나에게 안면기형이라고 말을 해주지 않았을까?'라는 마음을 항상 가지고 있었다. 그런데 지금 엄마의 모습을 보고 있으니 어떤 말보다 설명이 되었다. 엄마는 내가 최우선이었다는 걸.

　내가 처음 자살을 시도할 때에도, 옥상에서 뛰어내려 병원에 옮겨갔을 때도, 엄마는 항상 내 옆에 있었다. 하지만 나는 보지 못했다. 그런데 이번에는 알면서도, 아무것도 못 한다. 왜 이제 알았을까. 왜 그때는 보지 못했을까. 이때까지 엄마랑 못 해본 것을 해보고 싶어 어떻게든 되돌아가려고 노력했다. 그전까지와는 반대로 말이다. 내 몸에 부딪혀보기도 하고, 엄마에게 소리도 쳐보기도 하고 온갖 방법을 써보았다. 하지만 되지 않았다. 지금 후회해도 늦었다. 그렇게 하염없이 시간은 흘러가고 봄이 찾아왔다. 내 상태를 알고 한 달쯤 되었을 시점 나는 갑자기 독방으로 옮겨졌다. 그 모습을 본 순간, 나는 공황에 빠지면서 뜨거운 고통을 느꼈다. 그러면서 어느 순간 내 몸 주위에 사람들이 모여들고, 엄마는 급히 뛰어왔는지 패딩 차림으로 울고 있었다. 나는 그런 엄마를 잡아주고 싶었지만, 스쳐 지나갈 뿐 아무것도 하지 못했다. 그렇게 나는 사라지면서 '난 왜 죽은 이를 동경을 했을까? 내 옆에 항상 있는 엄마가 있는데…. 혹시라도 돌아갈 수만 있다면 살아 있는 채 내 삶을 완성 시켜나가고 싶다.'라는 생각과 함께 정신을 잃었다.

시끄러운 소리에 눈을 떴다. 그리고는 '죽었구나.'라고 생각하는 동시에 눈물 흘리며 주위를 둘러보았다. 군 패딩 입은 여자가 눈이 퉁퉁 부어서는 '고맙다.'라고 연신 얘기하고 있었고, 하얀 가운 입은 남자는 연신 나에게 '괜찮나요?'라는 말은 내뱉고 있었다. 나는 고개를 끄덕이고 패딩 입은 여자에게 손을 뻗어 만지려 하자 그 여자는 먼저 내 손을 잡으며 '미안해'라고 말을 하였다. 이윽고 나는 다시 정신을 잃었다.

다시 눈을 떴을 때는 하루가 지나갔다. 사람들은 내가 깨어난 걸 보고 다들 주위에서 믿을 수 없다고 기적이라고 얘기했고, 이 기적은 엄마의 노력이라고 병원에서는 다 입을 모아 얘기했다. 나는 무려 총 3년 동안 의식불명 상태로 누워있으면서, 스물아홉에서 서른둘로 바뀌어 있었다.

깨어난 뒤 다른 병동으로 옮겨지고 재활 치료를 받았다. 3년 동안 누워 있어서 근육들이 많이 손실되었기 때문에 재활 치료가 이어졌다. 그로부터 한 달 뒤에 퇴원 절차를 밟을 수가 있었다. 재활 치료가 빠르게 진행되어 이제 혼자서 걸을 수 있을 정도가 되었기 때문이다. 걸으며 병원 밖에 나오니 비가 막 그쳤는지 바닥을 축축하게 젖혀있었다. 나는 고개 들어 하늘을 보니 눈이 못 뜰 정도로 환했지만, 몇 번 깜박깜박하니 적응하기 시작됐다. 엄마와 같이 걸으며 주위를 둘러보았다. 이른 아침인데도 장사를 하시는 사장님들, 출근길에 오르는 회사원, 학교가 늦어 뛰어가는 학생들, 그 밖에도 많은 사람이 이른 아침에 움직이는 모습이 보였다. 학교 다닐 때, 회사 다닐 때는 안 보이는 것들이 모든 걸 내려놓은 뒤에야 보였다. 그렇게 엄마 따라 도착한 데는 집이 아니고 사진관이었다. 엄마는 사진관을 가리키며 얘기했다.

- 만약 아들이 깨어난다면 꼭 가고 싶었던 데야.

전신 창에다가 주위는 빨간 벽돌이 둘러 쌓여있는 사진관이었다.

- 안녕하세요.

- 어. 아들이에요?

- 네. 아들 데리고 왔어요. 가족사진 찍으러.

- 정말 축하드려요.

사진사는 환한 미소로 나를 반겨주셨다. 엄마와 사진사의 인연은 나로 인해 만들어졌다. 엄마가 내가 죽으면 따라서 죽으려고 영정사진을 찍으러 왔다고 한다. 그걸 알아챈 사진사가 엄마를 달래주면 인연이 되었다고 한다. 그런 사진사를 보면서 사진관 안의 모습은 스캔하기 시작했다. 정말 꿈속에서 봤던 그대로의 모습이었다. 아니 엄마가 말한 모습 그대로였다.

- 어머니. 이번에는 영정사진이 아니고 흑백사진과 가족사진 맞으시죠?

사진사는 옛 추억을 기억하듯 웃으며 농담하셨다. 엄마도 웃으며 그 농담을 받아주셨다.

- 네. 일단 흑백으로 한 장 찍어주시고요. 그다음에는 가족사진은 컬러로 찍을게요.

- 네. 알겠습니다. 그러면 일단 아들부터 찍을게요.

나는 사진사가 안내해 주는 길 따라 방으로 들어갔다. 그 방은 옛날 드라마에서나 볼 수 있는 카메라가 있었고, 거기에서 나 홀로 자세를 잡고 찍는 거였다. 그러면서 나갈 때 사장님은 한마디를 하고 나가셨다.

- 당신은 남들이 할 수 없는 경험 하고 지금 이 자리에 서 있는 거예요. 잊지 마세요. 여기까지 온 것도 기적이라는 걸.

나는 한동안 그 자리에 쭉 서 있다가 눌러서 찍었다. 이때 무슨 생각을 그리했는지, 아무리 생각해도 생각나지 않는다. 생각나지 않는 걸 보니 딱히 중요한 것이 아니었나 보다. 그냥 지금 이 사진을 보면 유일하게 웃지 않고 찍은 사진이다. 한쪽 코는 내려가 있고 인중은 갈라져 있는 온전한 내 모습. 근데 이 모습이 싫어야 하는데 싫지가 않다. 이 모습이 어느새 정이 드러나 보다. 뒤이어 엄마도 흑백사진을 찍고 나온 뒤 가족사진을 찍었다. 엄마와 단둘이 나란히 앉아 찍은 첫 가족사진이었다. 우리는 사진들을 들고 사진관을 나와 잠시 엄마 가게로 향했다. 엄마는 가게 오른쪽 벽에 가족사진을 걸어놓고 다시 집으로 향했다.

또다시 3년이라는 시간이 흘러갔고, 내 나이는 서른다섯이 되었다. 3년 동안 엄마와 나는 많은 변화가 생겼다. 내가 병원에서 나온 이 주 뒤 남은 보증금과 엄마가 보태준 돈으로 마지막 성형수술을 했다. 성형수술을 한 이유는 3년 동안 의식불명으로 누워있던 시간이 너무 아까워, '어떻게 하면 바뀔 수 있을까?'라는 생각을 많이 했다. 그 순간 얼굴과 흉터를 보았다. 일단 할 수 있는 다해보자는 생각을 했다. 그 결과 성형수술을 해 이제 나의 콤플렉스는 사진을 찍어도 티가 나지 않는다. 다만 아직 인중에 흉터는 남아있다. 이 흉터는 사라지지 않는다고 한다. 예전에는 흉터도 아예 없어지기를 바랐지만, 이제는 상관없다. 내 자신에게 만족하기 때문이다. 그리고 내가 할 수 있는 건 다 했다. 그다음은 내 손목에 있던 흉터를 다양한 그림으로 새겼다. 사실 예전부터 그 흉터들을 타투로 메꾸고 싶었지만, 안 좋은 인식들이 많아 망설여졌다. 그런데 그 일에서 되돌아오고 난 뒤 그런 시선과 생각은 하지 않고 내가 원하는 걸 했다.

그렇게 결심한 뒤, 타투를 하기 위해 많은 가게를 찾아보고, 한 가게에 들어갔다. 들어가서 새긴 것은 왼쪽 팔목부터 손목까지 내려오는'꽃 그림'을 새기고, 그다음 옆구리에 '나무뿌리'를 새겼다. 그렇게 새기고 있는데 한번 해보고 싶었다. 그래서 타투이스트에게 말했다.

"제가 한 번만 그어봐도 되나요?"

그렇게 허락을 받고, 한 번 그어본 순간 타투의 매력에 빠졌다. 흉터를 가리기 위해 간 타투 가게에서 매료가 되어버렸다. 처음으로 나의 꿈은 바뀌어 버렸다. 이때까지 누가 꿈이 뭐냐고 누가 물어보면 화가라고 말했다. 나는 꿈이 직업이라고 생각했다. 그런데 한 동영상에서 본 뒤 개념이 바뀌었다. 꿈을 검사, 판사, 교사 등 명사로 보는 게 아니라 동사로 봐야 한다고. 그러니 남들 앞에서 내 꿈은 화가다. 라고 말을 하는 게 아니라 화가로 무엇을 하고 어떻게 할 건지 말을 해야 한다.

그걸 10년 동안 한 번도 제대로 생각해보지 않았다. 화가로 뭐 어떻게 할 것인지. 내가 처음 화가를 꿈을 꾼 건 그림으로 위로를 받았다. 하지만 한 번도 그걸 누구에게 해줄 것인지는 생각해보지 않았다. 나는 그냥 화가라는 직업만 보고 달렸다. 그리고 그림은 화가만 그릴 수가 있는 줄 알았다. 하지만 어떻게 살 것 인가를 생각하게 된 이후부터 달라졌다. 그림은 다른 방식으로도 위로해주고 즐거움을 줄 수 있다고 깨달았다. 그리고 나는 그걸 타투이스트로써 할 거라고 결심했다.

깨닫고 난 뒤 타투이스트가 되려고 학원을 찾았지만 없었다. 우리나라에서는 타투가 불법이어서 학원이 없다고 한다. 그래도 어떻게든 찾아보다가 몇 개월 클래스 하는 데를 발견하고 배우게 되었다. 뒤도 안 돌아보고 달렸다. 집으로 와서는 내 나름대로 많은 도안을 그리고 셀 수도 없이 많은 고무판이 희생되었다. 계속 달리다가 잠시 밥 먹으면서 본 티브이에서 한 피디가 대목수 장인에게 한 인터뷰한 것을 본 적이 있다.

"일이 이렇게 힘이 든 데 도대체 여기까지 어떻게 올 수가 있었나요?"

피디가 장인에게 물었다. 그리고 장인은 대답했다.

"힘든 순간은 계속 왔어. 하지만 다 만들고 나면 뭔가 모르게 내가 살아있다고 느껴졌어. 그게 99까지 그만두는 이유가 있었는데 딱 한 가지 그 이유로 여기까지 온 것 같아."

그렇게 장인의 얼굴과 옷에는 나뭇가루와 먼지가 다 있었는데도, 웃음은 잃지 않고 자신 일에 부끄럼 없이 말했다. 이 말을 들은 뒤, 내가 왜 타투이스트를 계속하는지 알게 되었다.

타투이스트가 매력적인 건 자기만족, 사랑의 증표, 과시욕 등 추상적인 감정을 타투로 몸에 새긴다. 그리고 내 그림을 지우지 않는 한 죽을 때까지 같이 갈 것이다. 얼마나 매력적인가. 내가 위로, 즐거움, 사랑 등을 그 사람에게 새기면 평생 나의 그림과 같이 살아간다는 것. 그게 내가 이 일을 선택했고, 못 놓는 매력이었다. 그렇게 서른다섯이라는 나이에 "ZOO"라는 닉네임으로 지하에 작은 가게를 차렸다. ZOO로 활동을 하는 이유는 내 작품을 보고 위로와 즐거움이 되길 바라서이다. 타투가 불법이어서 당당하게 활동을 못 하지만, 앞서 말했듯이 한 가지의 매력이 나를 못 놓았다. 그리고 들어온 첫 손님은 엄마였다. 엄마에게 이 일을 한다고 이기적인 선택을 했을 때 엄마는 한마디만 하셨다.

"그래. 해라. 다만 네가 한 일에 책임을 져라. 그리고 가게 열면 나를 먼저 하고 남의 몸에 그려라. 소중한 사람에게도 못 그리는 걸 남에게 그린다는 걸 나는 용납을 못 한다."

엄마의 이 말을 신념으로 새기며, 엄마의 팔에 블랙 앤 그레이 스타일로 꽃 그림을 팔에 그렸다.

3년 동안 엄마도 많이 바뀌었다. 원래 반찬가게에서 꽃 가게로 바꾸었다. 원래 엄마는 꽃 가게를 갖는 것 꿈이었지만, 돈을 위해 나를 위해 잠시 내려놓았다. 하지만 엄마도 내가 이렇게 되고 원하는 걸 하게 되었다고 말했다. 그렇게 반찬가게를 문 닫고 꽃 가게를 열었다. 엄마는 나에게 받은 꽃 그림과 내 도안을 가게에 붙여놓기 시작했다. 더불어 소묘로 엄마 얼굴을 그린 그림도 붙여놓았다. 엄마는 그 그림을 문 열며 바로 보이는 정면에 액자로 해 걸어놓았다. 나는 이때까지 남들은 많이 그렸지만 정작 엄마 얼굴은 한 번도 그린 적이 없었다. 그림을 그린다는 아들이 말이다. 그걸 알고 난 뒤 꽃가게를 열자마자 바로 엄마의 얼굴을 그려주었다. 다행히 엄마는 너무 좋아해 주시며 바로 가게에 걸었다.

엄마의 꽃 가게에는 젊은 사람도 많이 찾아오는데, 그때마다 엄마 팔의 그림을 보고 좋은 말을 해주고 간다. 그렇게 간 젊은 사람들은 엄마 가게의 단골이 된다. 이게 다 아들 덕분이라고 말하는데, 내가 이 일을 하면서 가장 자부심이 느끼는 순간이었다. 그러면서 이제 서로에 대해 이야기를 하는 시간도 많아졌다. 예전 같으면 우리는 각자 생존하는 법을 찾으면서, 서로 힘듦에 대해 이야기하지 않았다. 그때의 우리가 할 이야기는 티브이에 나오는 이슈 거리밖에 되지 않았다. 그런데 지금은 사소한 이야기가 많아졌다. 지금이랑 그때와 딱히 달라지지 않았는데 말이다. 나는 가게를 열고 작업하고 있는데, 한 손님을 보고 내 몸은 떨려왔다. 갈색 파마머리에 코는 오뚝한 잘생긴 남자가 들어왔다. 나는 한눈에 누구인지 알아봤다.

"최준영"

가끔 멍하게 있다 보면 쪽팔리거나 부끄럽거나 잊고 싶은 기억이 떠오를 때가 있다. 그럴 때면 라디오를 틀고 잊기 위해서 그림을 그린다. 그리고 이런 생각을 많이 차지하는 부분이자 사람은 최준영이었다. 그 생각 때문인지 아무리 시간이 흘러갔지만, 한눈에 알아봤다. 하지만 그는 나를 못 알아보는 듯 내 그림 도안을 좋아했다. 나는 몸이 떨렸지만, 애써 태연하게 그를 맞이하고 그의 오른쪽 어깨에 호랑이 그림을 그려주었다. 그는 나를 정말 모르는 듯 내보고 몸이 좋다고 하고, 나중에는 동갑인 걸 안 순간부터는 친구 하자고 하는 등 많은 얘기를 했다. 하지만 나는 처음 보는 척 그 모든 대화를 회피했다. 그런데 내가 오래전부터 그를 만나면 물어보고 싶은 게 있어 물어봤다.

- 손님도 옛날에 운동하셨나 봐요? 몸이 좋으신데요?

나는 궁금했다. 지금 UFC 선수가 되었을지 말이다.

- 네. 했는데요. 잘 안 돼서 지금 그냥 아버지 밑에서 일 배우고 있어요.

- 아. 네.

뭔가 그에 대한 기대감이 있었다. 그때 그 애를 볼 때는 다 이룰 수 있는 아이로 보았기 때문이다. 하지만 지금은 그냥 아버지의 힘으로 살아가고 있는 얘기를 자랑스럽게 하는 모습을 보고 실망으로 바뀌어 갔다.

'내가 왜 그때 그를 동경하고 닮고 싶었을까?'

나를 포함해 반 아이들이 그의 말에 꼼짝도 못 하고 아무것도 못 한다는 사실에 닮고 싶다고 생각한 것 같은데, 지금 보니 그게 아니었다. 나는 그가 뭔든지 할 수 있다는 자신감을 닮고 싶어 한 것이다. 그때 내가 왜 그렇게 되었나 생각해봤을 때 그때에는 내게 자신감이라곤 없었다. 그것 때문에 그의 외적인 거만함과 오만함을 보고는 그걸 자신감으로 착각해 닮고 싶어 한 것이다. 지금 그걸 깨닫고 이제 그를 봐도 '닮고 싶다.'라는 생각은 없다. 더불어 이제 그를 봐도 몸도 떨리지 않는다. 오히려 이제 그가 안타까울 뿐이었다. 그러면서 나에게 있었던 풀리지 않는 매듭이 풀리기 시작하는 듯 했다. 이때까지 안 풀렸던 것은 내가 무방비한 상태로 잘라버리거나 끈기 있게 파고들려고 하지 않았기 때문이었다.

그런데 타투이스트가 나에게 좋은 점만 계속 있는 건 아니었다. 내가 이 일을 하면서 다시 한번 깨달았다. 튀는 것을 용납 못 하고 뭐든지 평등하게 만드는 '대한민국'이라는 나라라는 걸 까먹고 있었다. 내가 밖에 나서면 무례한 시선, 관심 있는 시선, 한심한 시선 등 다양한 시선들이 나를 바라본다. 이제 이런 시선을 받아도 별로 상관없지만, 이런 시선들을 바꿔보고 싶었다. 하지만 아직 대한민국에서는 한계가 있었고, 내가 아는 폭도 좁았다. 그래서 해외로 나가 다양한 타투이스트를 만나 그들의 문화를 배우고 어떻게 대한민국이라는 나라에 자연스럽게 받아들일 수가 있을지 알아보고 싶었다. 요즘 그래서 해외로 나가려고 준비 중이다. 물론 엄마는 걱정하신다. 혹시나 나쁜 생각을 하는 건 아닐까. 하지만 이제 그런 생각은 하지 않는다.

예전에 나에게 그런 질문을 한 적이 있다.

'내가 사라져도 알아주는 사람이 있을까?'라고. 그때 내 대답은 무조건 '없다.'였다. 하지만 지금은 '있다.'라고 바꿨다. 그 이유는 언제나 나를 믿어주는 사람이 있다는 걸 알고 있기 때문이다.

지금 또 아스팔트 길을 잘 걸어가다가 옆에 새로 나 있는 흙길로 걸어가고 있다. 누가 시켜서 가는 길이 아니다. 언제부터 갈 것인지 정했다. 어디에서부터 시작해야 할지 정했다. 무엇 때문에 이 길에 있는지도 알고 있다. 어떻게 갈 것인지도 알고 있다. 왜 가야 할지 알고 있다. 그러니 나만 믿으면 된다. 물론 다시 그 길 앞에서 나침반이 흔들릴 수가 있다. 원래 걸어가고 있던 쭉 이어진 단단한 길이었을 거라고. 하지만 흙길이 아닌 그 길로 걸어갔다면, 또 죽을 때까지 후회할 것만 같았다. 그전에도 몇 번 이런 길에 있어 봤지 않나. 그러니 믿을 것이다. 아직 일어나지도 않은 일에 지레 겁먹지 말자. 내 길은 내가 만드니깐. 내가 성공을 한다면 부정적이었던 말들은 자연스럽게 사라질 것이니. 그걸 믿고 앞으로 걸어 나가면 흔들리는 나침반은 자연스럽게 멈추고 목표를 가리킬 것이니.

나름 수많은 일이 있었다. 그 수많고 아팠던 날들은 어느새 잊혀가고 있다. 생각도 나지 않을 만큼, 기억도 나지 않을 만큼 희미해져 가고 있다. 희망은 믿는 자에게 있고 기회는 하고자 하는 사람에게 있다. 혹시나 비를 맞고 있다면 언제 간은 그 비는 꼭 그치고 만다. 그리고 당신을 단단하게 만든다. 사람들이 인생에서 가장 하는 큰 후회는 '잘할 걸'이 아니라 '해보기라도 할 걸'이라고 한다. 그러니 당장 닫혀있는 문의 손잡이를 잡고 돌려봐라. 열릴지도 안 열릴 수도 있지만, 일단 하고 보자. 정답은 없으니깐. 어떤 걸 해도 괜찮다. 죽지만 않는다면 언제나 기적은 있으니깐.

나
를

죽
이
다

초판 1쇄 2020년 7월 15일
지 은 이 주창용
표지그림 주창용
펴 낸 곳 하모니북

출판등록 2018년 5월 2일 제 2018-0000-68호
이 메 일 harmony.book1@gmail.com
전화번호 02-2671-5663
팩   스 02-2671-5662

ISBN 979-11-89930-39-4 03810
ⓒ 주창용, 2020, Printed in Korea

값 15,000원

이 도서의 국립중앙도서관 출판예정도서목록(CIP)은 서지정보유통지원시스템 홈페이지(http://seoji.
nl.go.kr)와 국가자료공동목록시스템(http://www.nl.go.kr/kolisnet)에서 이용하실 수 있습니다.
CIP제어번호 : CIP2020024128

색깔 있는 책을 만드는 하모니북에서 늘 함께 할 작가님을 기다립니다.
출간 문의 harmony.book1@gmail.com